社文庫

文庫書下ろし&オリジナル

ぶたぶたさん

矢崎存《あり》美《み》

光 文 社

この作品は光文社文庫のために書下ろされました。

目次

山崎さん① 本日の執事

「今日、太宰《だざい》さんだったら、いいよね」

「そうね。シフト表、サーバーメンテで見られなかったから、確認できなかったんだけど。昨日は斎木《さいき》さんだったんですって」

「あっ、斎木さんもいいよね。背はちょっと低いけど、キレモノって感じで」

「あ、あのう……」

ユキナとジュンが盛り上がっているところに、あたしはむりやり入り込む。

「太宰さんとか、斎木さんって誰？」

「今日の執事頭のことだよ！」

「ダメ。ユキナ、〝執事頭〟なんて言葉はないのよ。何度言ったらわかるの？」

「えー、わかりやすいじゃーん」

「執事は一人だけなの。頭も何もないのよ」

「ええっ、執事って一人だけなの!?」

そんな！　それじゃ何のための〝執事喫茶〟なんだ⁉

「勘違いしないの、コノコ。執事っていう職業は、使用人頭のことなのよ。一人しかなれないものなの」

ジュンが優しく諭《さと》すように言う。

「でも、執事喫茶なんでしょ……？」

二人からずっと誘われていた執事喫茶に今日初めて挑戦するというのに、出鼻をくじかれた気分だった。ママ友だちにはとても言えない、と何だか背徳感さえ持っていたのに、執事はたった一人⁉

「あたしたちの相手をしてくれるのは、厳密には執事じゃないの。彼らはフットマン。日本語で言うと〝従僕〟ね。でも、〝従僕喫茶〟って言うより、〝執事喫茶〟の方がいいでしょ？　執事はちゃんといるんだし」

「そうだよお、フットマンさんとお話するのが楽しいんだし。みんな若いし、コノコ好みのイケメンもいるよ～」

「別に、あたしメンクイじゃないし……」

虚しい言い訳は、誰も聞いていない。

「で、その太宰さんってどんな人なの？」

「もう完璧な執事って感じの人よっ。背が高くてやせ型のロマンスグレーのおじさま。『セバスチャン！』とか『アルフレッド！』って言いたくなるような人。ジョン・ギールグッドかジェームズ・クロムウェルって人！」

「誰それ……」

さっぱりわからん。呆然としているあたしを見て、ユキナがゲラゲラ笑う。

「ま、日本人なんだけどー」

「じゃ、じゃあ斎木さんは？」

「斎木さんは日本的な執事よね。どちらかといえば家令？　『じい』って呼びたくなるような人よ」

「あたしは中小企業の社長さんみたーいって最初思ったよ」

ますますわからん……。

「『今日太宰さんならいい』って何？」

「それはお楽しみよ」

ジュンとユキナはふふふと意味ありげに笑う。ちょっと恐ろしい。

ゆっくりとうやうやしく扉が開けられた。観音開きで、片方ずつ若いフットマンらしき若者が白手袋で押さえている。

その奥にいるのが、本日の執事。二人のフットマンたちがお仕着せの制服を着るのに対して、執事は私服なのだそうだが、小さすぎて、どんな服装なのか全然わからない。

「お帰りなさいませ、お嬢様」

低くて、意外なほど心地よい声が、あたしたちを迎えた。

そこにいたのは、とても背の低い執事だった。いや、低いというより、小さい。全体的に小さい。バレーボールくらいしかない。しかも目なんか点だ。あれ、ビーズじゃん！

「山崎《やまざき》さんだあ……」

ユキナのかすかなつぶやきが背後に聞こえた。それに明らかな落胆が含まれていたのに、あたしは驚く。

「テーブルはもうご用意してあります」

突き出た鼻をもくもくさせながら、いい声で話しかけてくるのは、明らかに桜色のぶたのぬいぐるみだった。大きな耳の右側はそっくり返っていて、手足の先に濃いピンク色の布が張ってある。しっぽもちゃんと出てる！

いや、確かに執事喫茶なんて、現実から逸脱した世界を演出するものだとは思っていたが――まさか、ここは異世界？

「あー、やっぱり太宰さんじゃなかった……」

ジュンの嘆きがさっぱり理解できなかった。この力業《ちからわざ》に驚かないのにも。何度も来ているとはいえっ。

案内された席は、壁際のカーテンで仕切られた個室のような落ち着いた空間だった。座り心地のよい椅子、しわ一つないテーブルクロス、新鮮な花々。並べられた食器は、きれいに磨き上げられていた。

「ごゆっくりおくつろぎください」

一礼をして、山崎さんという名前らしきぬいぐるみ執事は行ってしまう。ああー……あたしは、カーテンから身を乗り出すようにして、その後ろ姿を見つめた。そして、周囲のテーブルの反応も見た。声をかけたりはしていないが、明らかに視線が熱い。やっぱりジュンとユキナの落胆がよくわからない。

「お嬢様、お直りくださいませ」

突然声をかけられて「ぎゃあ！」と声をあげ叫びそうになったが、かろうじてこらえて座り直す。さっきドアを押さえていた男の子の一人だった。確かに若くてイケメンだ。けど、チャラチャラした雰囲気はなく、黒髪をきちんと撫《な》でつけ、少しいかめしいメガネをかけている。

「本日の紅茶のメニューでございます」

「今日のおすすめは何かしら？」

おお、ジュンてばタメ口。ていうかお嬢様っぽい。フットマンはもちろんそれには動じず、まるで呪文のような紅茶やお菓子の名前をズラズラ並べ立てる。

「コノコ、どうするの？」

「え、あたしは……このアフタヌーンティーセットでいいです、これください……」

「もっとお嬢様らしくしなよ」

できるかっ！　ユキナだって、その口調は絶対お嬢じゃないだろっ。

セットとはいえ、紅茶やお菓子やスコーンを選ばねばならず、ようやく注文し終わった時、あたしはぐったりと疲れていた。

「ああー、太宰さんじゃなくて残念……」

「やっぱ『お帰りなさいませ』は太宰さんに言ってもらう方が一番萌えるよねー」

「そうかなあ……」

あたしのつぶやきを、ジュンは目敏《めざと》く拾う。

「山崎さんもいいのよ。特に声が。だから人気はすごくあるの」

声？　ねえ、声だけ？

「けど、ビジュアル的には、長身ロマンスグレーの方があたし好みなのよねえ」

「そうそう。インパクトはバッグンだけど。インパクトっつーか、破壊力っていうか――あっという間に別世界だもんねー」

ていうか、もう別物じゃないのか、とあたしは叫びたい。執事とかそういう概念の存在じゃないだろ！　と思うが、

「けど、あの破壊力は執事としてどうなのかしら？」

ここはあくまでも〝執事喫茶〟なのだった。

その後、紅茶やお菓子を運んできた滑舌《かつぜつ》が異様にいいフットマンさんの軽快で博識な

トークに、あたしは翻弄《ほんろう》された。ジュンやユキナが用もないのにハンドベルを鳴らして彼を呼ぶたびにビビる。おしゃべりをする度胸などこっちにはないし、山崎さんが来たらどうしよう、とソワソワしたが、彼は一度もやってはこなかった。

もちろん、紅茶もお菓子もおいしかった。値段もほどほどだし、妙なサービスもない。女性は厳しいので、〝執事〟も〝喫茶〟も充実させないとやっていけないのだろう。ここは特にリピーターが多いこともうなずける。

そんな現実的なことを考えていたら、

「お嬢様方、そろそろ乗馬のお時間でございます」

いきなり山崎さんが現れた。けっ、けど、

「じょ、乗馬？」

「『時間いっぱいだから帰れ』ってことだよ。ここ、延長できないから」

ユキナ……そんな身も蓋もない……。

「お気をつけて行ってらっしゃいませ」

山崎さんと、相手をしてくれたフットマンさんが深々と腰を折って、あたしたちを見送ってくれた。山崎さん、どこが腰……？

外に出ると、うんざりするほどの現実が一気に戻ってくる。店は地下だったので、何だか黄泉《よみ》の国から帰ってきた気分。

ああ……もう終わり……そんな……。

「どうだった？　初執事喫茶は？」

「うーん……山崎さん、最初と最後にしか来なかったね……」

ぼんやりしたまま、ピンポイントなことを答えてしまう。

「そりゃそうよ。執事なんだもの。監督するのが仕事なんだから、細かいことはフットマンにさせるの」

なあんだ、そうだったのか……。ずっと山崎さんに給仕とかしてもらいたかったな。

お話も、山崎さんとならできたかな――。

「あ、あたし、トイレで会ったよ、山崎さん」

「えっ!?」

「外でおしぼり持って待っててくれた」

「あー、たまにあるわよね」

「あたし……トイレ行ってない……」

そんな隠しステージがあるとはっ。

「あんなに行けって言ったのに」

「だって、別に行きたくなかったし……」

何で二人ともサービスエリアの休憩みたいなこと言うんだろう、と思っていたのだ。

「次は絶対トイレ行く！　トイレ行きたい！」

思わず公道でそう叫んでしまったら、さっきまでの友だちが他人の顔をして背を向けた。

山崎さん②　本日のスイーツ

執事喫茶に来るのは二回目だ。

一回目には山崎さんというとても珍しい執事さんがいて、喫茶自体を堪能《たんのう》できぬまま終わってしまった。二回目の今日は純粋に執事と喫茶を楽しみたい――とも思うが、山崎さんに会いたいと思わなくもなく……。

いじいじと考え続けるあたしに、今回も付き添い（というか、あたしが金魚のフン）のジュンが言う。

「今日は太宰さんよ」

太宰さん……ああ、ジョン・ギールグッド（誰？）みたいな人。

「何で知ってるの？」

「コノコ、あたしの情報網をなめないでよ」

「別になめてないけど」

「がっかりしてるくせに」

「してないもん」

太宰さんは長身ですっきりした顔立ちのハンサムなロマンスグレーさんだった。してるけど。

「お帰りなさいませ、お嬢様」

そんなセリフは彼のためにあると思えるような声と、ぴしりとした背筋の持ち主。あたしは確かにお嬢様な気分で胸がいっぱいになった気がしたけど、何だか淋しい。つい部屋のすみっこの方とか、バレーボールみたいにカーテンの奥に転がっていないかとか、誰かのテーブルの上に載っているのではないか（そんなこと、執事はしないと思うけど）、と目を配ってしまったが、あの特徴的な桜色の小さな身体はついぞ見られず……。

必要もないのにトイレへ二回も行ったが、身体の半分くらいありそうなおしぼりを持って待っていることもなく、

「お嬢様、お出かけの時間でございます」

と時間いっぱいの合図をいただいてしまった。ああ、太宰さんでは視線が上過ぎる……。

「それはあんた、見下したいって気持ちの表れなの？」

「違うっ」

どちらかというと「愛《め》でたい」に近いが、ジュンには言わなかった。絶対にバカにされるから。

「ユキナにおみやげ買って帰ろう」

今日来られなくてキーキー言っていた友だちのために、ジュンは一軒の洋菓子店へ入っていく。看板につけられたロゴに見憶えがある。執事喫茶と同じ……？

「いらっしゃいませ」

何だかなつかしいおじさんの声が聞こえて、すねていた顔を上げると、ガラスケースの上にぶたのぬいぐるみの顔がっ！

ビーズの点目があたしを見て首を傾《かし》げた。そっくり返った右耳が揺れ、突き出た鼻がもくもく動く。

「お嬢様方ですね」

「ごきげんよう、山崎さん」

何で⁉　何でジュンはそんなに気軽に、しかも偉そうにご挨拶できるの⁉　ていうか、
何で山崎さんがここにいるの⁉

「本日のスイーツはいかがでしたか？」

「とってもおいしかったわ。どうもありがとう」

そこでようやくジュンがあたしの愕然《がくぜん》とした顔に気づいた。

「山崎さんは、あのお店のパティシエも兼ねているのよ。ここはお持ち帰りもできる店舗なの」

何と！　す、スーパー執事……！　そうだと知っていたら、ケーキを三口で食べなかったのに！　いや、その前にパティシエって何？　大きさ、ハンディミキサーといい勝負じゃない!?

「あたしの情報網をなめないでよ、コノコ」

いや、この驚きと情報網は関係ないのだが。

「いえいえ、まだ修行中ですから」

濃いピンク色の手先がちょいちょいと振られる。修行中……何の？　魔法使いとか……。

あ、倒れそう、と思ったが、丈夫な身体なのでそのようなこともなく……とりあえず、ケーキを買って店を出た。

呆然としたままのあたしにジュンは言う。

「山崎さんは執事として理想的ではないかもしれないけど、パティシエとしてはなかなかのものだと思うわ」

だから、その上から目線はいったい何!?

けど、執事喫茶よりもケーキ屋さんの方が行きやすい……予約いらない……。

しかし、次に山崎さんに会うのが果てしなく先になるとは、その時のあたしは知るよしもなかった。

角の写真館

その写真館は、引っ越してきたばかりの街の、小さな商店街の角にあった。

古ぼけたガラスのウィンドウの中には、色あせた写真が飾られ、造花や人形などが控えめに置かれている。ひびの入った白壁のレトロな洋館仕様だが、屋根は瓦《かわら》だ。下町の雰囲気があふれるこの土地によく似合っていた。

やっていないように見えて、やっている。店の前はいつも掃き清められ、出入口に並べられているプランターにはちゃんと水がやられているし、確実に育っていた。

ただ、店員の姿を見たことがないのだけれども。

昔ながらのものが元気で在る、というのが妙にうれしいというのはどういうことだろう。このくらいの歳になると、昔を思い出してばかりだ。照文《てるふみ》自身が五十年以上生きてきたことで、自分も「昔ながら」の一部になったとでも思っているのかもしれない。それとも、久しぶりの一人暮らしの淋しさからか。

その日は、写真館の前を通りすぎてそんなことを思うだけだった。

出勤する時には、必ず写真館の前を通る。

毎日写真館を見て、ほのぼのとしたなつかしさを嚙《か》みしめた。これから乗る満員電車の苦痛にも耐えられそうだ、と思いながら。

なので、その違和感に気づいたのは、一週間後か、それとも二週間後か。どれくらいだかはよく憶えていないのだが、通りすぎてから、なぜかもう一度ウィンドウを見てみようと思ったのだ。

だが、再度見てもその違和感の原因はわからなかった。閃《ひらめ》いたように降ってきたのだ。「何かが違う」と。だが、「何が」違うのか、というところまではつかめなかった。ただ、それがウィンドウの中にあるというのだけはわかった。それも直感に過ぎなかったが。

電車の時間が近づいていたので、あとでまたゆっくり見ようと思い、その時は先を急いだ。

しかし、その「あとで」はなかなかやってこなかった。

「何か忘れている」というひっかかりはあったのだが、ウィンドウを見て何もつかめなかった時のように、何を忘れているのかさえわからない。

喉に小骨が刺さったような気分を抱えながら、あっという間に時間がたってしまい、春に越してきたのに、いつの間にか夏になっていた。写真館の前には水がまかれ、プランターにはつるなし朝顔が花を咲かせていた。

それに気づいた休日の午後、ようやく照文は何を忘れていたのか思い出した。

幸い、今日は急いでいない。昼食あとに買い物をして帰るところだ。

ウィンドウに飾られた写真は、よくこういうところに飾ってあるものと変わりなかった。家族の集合写真、成人式の振袖姿、七五三の男の子や女の子、証明写真のようなものもあった。

ひととおり見たが、特におかしなところは見受けられない。モデルというか、使われているのは実際にここにこういう写真を撮りに来た人々なのだろう。

いったい自分は何に気づいて、あの時振り返ったのだろう。いくら考えても思い出せない……。

いつそのこと、写真館の人に訊いてみようか。フィルムでも買うふりをして。

……使わないし。持っているのはデジカメと携帯電話だ。レンズ付きフィルムならどうだろう。

いや、そもそも撮るものが特にない。

最近は写真を撮るにしても、それは写真というより単なる記録だ。メモ代わり程度でしかない。だいたい家にあったはずのアルバムもあまり見ない。子供の頃も、大人になっても。そこにあるのが当たり前だったから。いつでも見られると思っていたのだ。

失わないとわからないものがある、というのは本当だな、と心の中でつぶやく。

写真にそれほど思い入れがないのに、それでなつかしさを感じていいのか、とすら思う。

どうしようと考えつつドアの前へ行くと――。

『出かけています。三十分ほどで戻ります』

堂々たる貼り紙があった。さすが下町。

少しほっとする。写真館の人に対峙《たいじ》しても、うまくたずねることはできない予感があった。また時間がある時に、じっくり見に来よう。

そう思ってから、次の機会まではまただいぶ間が空いてしまうのだった。歳を取ると、時間は速く過ぎる。それは、変化がないからだと聞いたことがある。毎日が新しい発見にあふれている子供の頃は、時間がゆっくり流れるが、ここまでの年齢になると、朝起きて会社に行って食事をして——規則正しく同じことをくり返すばかり。

昨日も今日も明日も、来年もきっと同じだろう。

変化がないわけではないのに、その変化は時間の速さを止めてはくれないらしい。

夏からあっという間に秋になった。なかなか涼しくならないと愚痴《ぐち》を垂れていたら、急に寒くなって、風邪を引いた。

繁忙期だったので、無理して会社に出ていたが、ようやくひと段落した。代休もたまっているので、明日は休もう。久々に定時に上がり、鼻をぐすぐす言わせながら電車に乗る。

まだ日が長く、最寄り駅に着いた時はまだ明るかった。この時間に帰ってくることはめったにない。街を歩くこともないわけだ。

商店街には夕方の活気があった。店はどこも開いていて、人の声が響いていた。子供たちが走ったり自転車に乗って通りすぎる。

人がいると、街はさらに昭和の雰囲気だった。なつかしいというのは、あの写真館や写真ではなく、街そのものが持っているものだったのかもしれない。街の本当の姿を、自分がなかなか見られなかっただけで。

写真館の前を通りかかって、立ち止まる。鼻をかみすぎて少しぼんやりした頭で、じっとウィンドウを見てしまう。

その時、はっとした。気がついたのだ。今まで感じていた違和感。

そこにある少し色褪せた家族写真——子供が幼い娘と生まれたての赤ん坊から、上の娘が小学生の高学年程度になるまでの何年かの写真が飾ってあったが、そこには父親がいなかった。そして、ウィンドウに他の家族写真はない。

これが違和感の正体だったのだ。ウィンドウに飾るのならば、両親と子供という形からはずれないだろう。もちろん、母親と子供だけというのが問題あるとか、そういうことを言うつもりはないし、何でもいいと思うのだが——。

それを選ばなかったのはなぜだろう。

照文は、ためらいながら写真館のドアを開けて、中に入った。思ったよりも狭い空間に見えるのは、大きなカウンターのせいか。白く清潔な壁は、病院を思わせた。だが、そこには美しい風景や花の写真がたくさん飾られ、床は黒檀色に磨きこまれていた。

「いらっしゃいませ」

上品な口ひげを生やした初老の男性が現れた。翡翠色の石がついたループタイが似合っている。

「あの……ちょっと質問があるんですが、お店の方ですよね？」

「はい。わたしが店主です。何でしょうか？」

「ウィンドウの中の写真なんですけど……家族写真……」

勢いで入ってきたが、こんなことを訊くのは不躾《ぶしつけ》かな、と気づく。もしかして、あそこに飾ってあるのは、この人の身内とか友人かもしれない。何らかの理由があって飾らなければならないとか。

何か古傷をえぐることにはなるまいか、と躊躇《ちゆうちよ》したが、照文はそれを打ち消した。ためらったあげく後ろへ引くことは後悔しか生まない、とこの歳になって実感したから。

人を傷つけたくないという気持ちは、自分が傷つきたくないという気持ちに直結しているだけだ。

「あの家族写真には、どうしてお父さんが写っていないんですか？」

その質問に、店主の男性はきょとんとした顔になった。色褪せているし、もしかして飾ってある写真のこと忘れてる？

そう思ったとたん、彼は破顔した。

「ああ、あの写真ですか」

やたらうれしそうな声だが。

「やっと気づいてくれる人がいましたか」

「気づく……？」

「あれを飾る時は、こういう時がいつやってくるのか、と期待したんですけど」

店主は照文の困惑をよそに、嬉々として話し続ける。

「みんなけっこう気がつかなくてねえ」

「はあ……」

「ぼんやり見ているとわからないものでしょう？」

「そうですね」

気づいても、特に気にしない人もいるだろう。

「でもね、あなた誤解してますよ」

店主は、首を傾《かし》げた照文に対して、いかにも満足そうな顔で言う。

「あの写真には、ちゃんとお父さんが写ってるんです」

「え？」

そんなに何度も確認したわけではないが、少なくとも男性は写っていなかった……と思う。

いや、もしかしたら――。

「――あのお母さんが実はお父さん、なんですか……？」

「は？」

店主は驚いたように目を丸くした。……そんなに驚くようなことか？　それくらいしか想像がつかないのだが。

「ああっ、そうですよね！　普通はそう思っちゃいますよね」

そう言って彼は、ケラケラ笑い出した。「普通って何だ普通って」と自分で突っ込みながら。

「いやいや、そうじゃないんです。あの人は本当にお母さんです。女性ですよ」

かなりツボにはまったらしい。

「そ、そうですか……」

「言っときますけど、他に写ってる女の子たちもお父さんじゃありませんよ」

ようやく笑いがおさまった店主は、いたずら小僧のように目を輝かしていた。

「じゃあ、誰がお父さんなんですか？」

「それはね――」

と答えようとしたが、突然彼の動きがピタリと止まった。

「どうしました？」

心配になるような止まり方だったが。

「あ、いや……」

そう言ったきり、彼はしばらく黙っていた。何だか考え込んでいるようだ。そしてやがて、

「うーん……」

と、うなりともため息ともつかない声を出し、

「それは、まあご自分で見つけてください」

なぜかふっきれたようにそう言った。

「ええっ？」

そんな。せっかく教えてもらえると思ったのに。

「待ちわびていた瞬間だったんですけどね」

彼はちょっと気が抜けたように笑った。

「いざその時が来たら、タネあかしするのはどうかなって思ってしまったんです。残念な気もしますけど」

その言葉には、落胆やあきらめといったものは感じられなかった。どうしてか安堵しているようにも見えた。

「だって、言ってもきっと信じてもらえないでしょうからね」

それは……何だろうか。裸の王様みたいなもの？

「信じるか信じないかは言ってみないとわからないじゃないですか」

このまま帰ったら気になって風邪が悪化しそうだ。

「うーん、多分わたしでもこんなこと言われたらそう返事すると思いますけど、やっぱり信じられないと思うんですよね」

わざと焦《じ》らしているというわけでもなさそうだ。本気で信じてもらえないと思っているらしい。

どうにも知りたくてたまらない。途中忘れていたとはいえ、ずっと感じていた違和感の正体がわかったのだから、せめて――、

「せめて、どうしてその家族写真をウィンドウに飾っていたのかを教えてください」

店主はちょっとだけ考え込んでから答えてくれた。

「それは、友人の家族の写真なんです」

「友だち……」

「そうです。昔は近所に住んでいたんですが、上の娘さんが中学に上がる前に引っ越してしまったんです。といっても、そんな遠くではなく、都内ですけどね」

「じゃあ、たまに会ったりするんですか？」

それが何か手がかりになるかはわからなかったが、何でもいいから知りたいと思った。

「めったに会いませんけど、メールは割としますね。あとは年賀状とか」

ごく普通のつきあいだが、

「お父さんとね、友だちなんです」

写真に写っていない人が友だち……。

「ほら、ちょっと変だなって思ったでしょ？　もちろんお母さんとも友だちですけどね」

店主は特に気を悪くした様子も見せずに、そう言った。

「そこら辺で『変』と思ってたら、おそらくわたしの話は信じられませんよ」

何やら鍛えられているような気分になってくる。


結局その日は、風邪をひいていることもあって、そこで話は終わってしまった。

「とにかく、早く帰って休んでください」

店主は、近所の腕のいい医院を教えてくれた。

診療時間ギリギリで飛び込む。医師は、写真館の店主とよく似た飄々《ひょうひょう》とした佇《たたず》まいの人だった。医院自体は新しく、今風な感じだったけれども。

診察を受けながら、写真館のことを話してみると、

「あー、あれに気づいたんですか！　すごいですね」

看護師と一緒に驚いた。

「気づいても言わないだけなんじゃないですか……？」

言うような酔狂《すいきょう》な奴は俺だけか、と照文は思う。

「そうかもしれないけど、いやー、なんかうれしいなー。ぶたぶたさんを探せって言ってたんだよなー」

ぶたぶたさん……？

「先生！」

「え？　僕、何か言った？」

どうもヒントを口にしたらしいが、本人は全然気づいていないようだった。

自ずと答えは見えてきたが、確かに店主が言ったように、照文は信じることができなかった。いや、信じたくなかった。


次の日の朝は、前日帰ってすぐ、薬を飲んで寝てしまったせいで、早く目覚めた。

鼻水は止まったようだ。だるさも消えていた。めったに風邪もひかない丈夫な身体だが、若い頃と違って寝込んだりするのではないか、と昨夜は恐れていた。そんなこともなく、身体だけはまだまだ元気なようだ。

ちょっと買い物するくらいだったら、外出しても大丈夫だろう、と思って、コンビニへ出かけた。

早朝は早朝で、街は別の顔を見せる。ここも一応は東京で、静かにだが二十四時間起きているのだ。働く人がすでに動き出している街であっても、まだ寝ている人は起こさないようにしたい。

写真館の前を通りかかって、もう一度あの家族写真を見る。まさか、これがお父さん……。

ウィンドウのガラスの上から、照文は「お父さん」をなぞる。それは、娘のどちらかが必ず膝の上に載せているぬいぐるみだった。桜色のぶたのぬいぐるみ。バレーボールくらいの大きさに、黒ビーズの点目。突き出た鼻と手足の先には濃いピンク色の布が貼ってあり、右耳の先はそっくり返っている。

ごくごく普通のかわいいぬいぐるみだった。これが――。

「お父さん？」

思わず、口に出して言ってしまった。

自分の父のことを思い出した。もうずいぶん前に亡くなってしまっていたが、こんなふうに家族写真を撮ったことがあっただろうか。自分を含めた子供たちが小さい頃のものはあったはずだが、どんな写真だったかはもう遠い記憶だった。

そして、自分の子供のことを思い出した。

おそらくは、このぬいぐるみより軽いであろう自分の存在のことも。

少なくとも、とても大切にされている。娘たちもお母さんの笑顔も心からのものに違いない。

家族の笑顔は、今思い出したくないものだった。


帰ってから、照文はウィンドウに飾られた母娘《ははこ》を思って、布団の中で泣いた。泣けて泣けて仕方がなかった。拭《ぬぐ》っても拭っても涙は出続け、嗚咽《おえつ》をこらえられない。泣きすぎて頭痛もするし、ついに熱まで出てしまった。

結局、三日も寝込んでしまった。半分は風邪というより、あの写真のせいだ。

次に写真館を訪れたのは、結局二週間後だった。本当に、なんて時がたつのは速いのだろう。

何とか定時に上がって、通りかかってみると、店主はプランターに屈《かが》みこんで、花の手入れをしていた。

「こんにちは」

声をかけると、彼は立ち上がってにっこり笑った。

「ああ、こんにちは。お風邪よくなりましたか？」

「はい。よいお医者さん紹介していただいて、ありがとうございます」

「そりゃあよかった」

「あの写真のヒントもいただけたんです」

「えっ」

知らなかったらしく、かなり驚いていた。

「それで、あなたが何を言いたかったのか、わかりました」

「えー、そうなんですかー？　先生ってば、言っちゃうなんて」

何だかくやしそうだ。

「それに気づいた時、わたし泣けてしょうがなくて……」

「え？」

「あの女の子たちが、どんな気持ちであのぬいぐるみを持っていたんだろう、何を思ってあの笑顔を浮かべていたのか——そう考えたら、涙が止まらなくて……次の日には熱を出してました」

「……泣いたんですか？」

「はい。どうも涙もろくて……ダメですね」

歳は関係なく、昔からそうなのだ。今も思い出すだけでうるっと来る。

「ご友人とは仲が本当によろしかったんですね……」

声が震えてくる。うまくしゃべれそうにない。

「あ、あの……何か誤解しているような気がするんですが」

何だか戸惑ったような顔をして言われる。

「誤解？」

「どう解釈なさったんですか、あの写真を」

「——お父さん、亡くされたんでしょう、あのご家族は。それで、お父さんの代わりにあのぬいぐるみと一緒に写真を撮った、と」

すなわち、あのぬいぐるみが「お父さん」なのだ。名前は「ぶたぶたさん」。店主も医師も明るく言っていたということは、ずいぶん古いことなのだろうか。

「いや、違いますよっ」

店主が否定した。しかも、かなりあわてて。

「お父さん、生きてます」

「でも、写ってないですよ」

「写ってるんですって。そう言ったでしょう？」

「それは、『お父さん』としてのぬいぐるみで——」

「いえ、ぬいぐるみがお父さんなんです」

「だから、そう言いましたけど……」

「意味が違うんです」

「同じこと言ってるのに？」

店主は「ああもうっ」と風貌に似合わない口調でつぶやいたのち、あきらめたようにこう言った。

「このぬいぐるみは生きてるんですよ」

「……そりゃこの母娘《おやこ》の中では生きてるでしょうね」

「いや、そういう意味じゃなくて！」

店主は何かもごもご口の中で言っていたが、がっくり肩を落とし、

「とにかく、このご家族のお父さんはちゃんと生きてて、一緒に暮らしてて、毎日元気に働いていています」

「じゃあ何でぬいぐるみなんか抱えてるんですか？」

「……それは、今度本人に訊いてください」

「お父さんに？」

「そうです。山崎さんという人です」

会えるのか。

「よかった……。生きてるんですね」

ほっと安堵のため息をつくと、また涙が出そうになる。

「なんか……具合悪いところ、熱まで出させてすみません……」

店主は何だかしょげているが、

「いえ、それはお気になさらず。子供みたいで恥ずかしいです」

「そんなに泣いたって……何か事情が？」

「いえあの……一人暮らしが淋しくて」

「……は？」

あきれたような声を出されても仕方ないのだが。

「妻に赴任先についてきてくれって言えなくて」

昔も、一人暮らしが淋しくてすぐ実家に戻ってしまったくらいなのに――歳取ったから平気だろうと思っていたのだ。それに、「ついてきてほしい」と言って、妻に断られるのもいやだった。だから、電話などをしても本音が言えず、ケンカしたりして余計帰りづらくなり……自分をごまかしても、何もいいことがない。

「子供も家を出てしまっているし、あんまり連絡くれないし……」

「お子さんはおいくつなんですか？」

「上は就職したばかり、下は大学に入ったばかりです」

「それじゃあ忙しいですよねえ」

「こんな状況で、自分がこのぬいぐるみみたいな存在になってしまったら、とか考えたら、もう泣けてしまって……うちも子供は二人だし」

情けないことだが、誰にも言えなかったので、つい打ち明けてしまった。

「そうですか……」

店主は、何だか疲れたような顔をしていたが、変な打ち明け話は迷惑だっただろうか。

「いや……よくわかりました。奥さんには正直に伝えた方がいいと思いますよ」

「そうですよね。やっぱり言うだけ言ってみないと……」

「断られそうなんですか？」

「わからないです。仕事はしてないけど、いろいろと忙しいし……。ボランティアとか習い事とか」

店主はなぜか急ににっこり笑った。

「じゃあとりあえず、遊びにでもいらしていただくっていうのはどうですかね。山崎さんと会う時にでもご一緒できたら――いかがですか？」

「そうですね。遊びには来たいって言ってましたし」

「ぜひぜひっ。山崎さんも喜ぶと思いますよ！」

何だかずいぶん意気込んでいるが、どうしてその山崎氏が自分と会って喜ぶのだろうか。

よくわからないけれども、淋しい一人暮らしには、やっぱり身近につきあえる人が必要だ。

照文は、新しい友人とがっちり握手をした。

死ぬにはきっと、うってつけの日

もうどのくらいここに座っているんだろう。

時計も携帯電話も手元にないのでわからない。バッグの中には両方ともあるのだが、取りには行けない。もうあっち側には戻らないと決めたから。

ここは、とあるビルの屋上。会社とかがいっぱい入っているビルだったと思うが、何となく入ってエレベーターを昇ったら、何となく屋上に出られた。手すりも簡単に越えられ、その先に突き出ているコンクリートの部分に、室田絵里子《むろたえりこ》は体育座りをしていた。

持ってきた学生かばんやバッグは屋上に置いてある。手すりを越えればすぐに届くが、もうそっちには行かない。

あたしは今日、死ぬんだから。さっき決めたばかりだけれど。

今日は春にしては夏のような日射しの日。青い空が、昨日より深い色になっている。

木々は緑に芽吹いていた。

『だから、死ぬにはきっと、うってつけの日』

絵里子の手には、ルーズリーフが一枚とボールペンが握られていた。遺書を書こうとしていたのだが、何にも浮かんでこない。そのかわり、こんな文句を書いてみた。

これじゃあ、何のことだかわかんないよね。あたしにもわかんないけど。

絵里子はボールペンを脇に投げ置き、ルーズリーフを細かく破った。掌に載せると、風が待っていたかのように持ち去っていく。見られなかった桜の花びらのようだった。

遺書なんて別にいいか。女子中学生の自殺なんて、よくあることだし。すぐに忘れられてしまうだろう。人を殺さないだけいいかもしれない。

「さて、と」

用事は終わった。とりあえず、立ち上がろう。

ゆっくりと膝をまっすぐ伸ばすと同時に、風が吹いてきた。制服のスカートをひるがえす。膝の裏にかいていた汗がすーっとひいていく。ああ、何て気持ちのいい——ほんと、何ていい日。憎たらしいほど。

後ろに手を伸ばして、手すりをつかんだ。そのまま身体を前に倒す。風が髪を運んでいく。目を閉じると、風の通り道がはっきりわかった。

ああ、何ていい風だろう——こんなこと思ったのなんて、久しぶり……。

「きゃー！」

下の方から鋭い悲鳴が聞こえた。目を開けると、ビルの前の歩道に立った中年の女性が絵里子を指さしていた。彼女の声を聞きつけて、周りの人が振り返り、ビルからも人が出てくる。

見つかってしまった……しかもこんなに簡単に。そのままの体勢で、絵里子は少しくやしく思う。誰にも邪魔されずに死にたかったのに。

そっとため息をついて、手すりに寄りかかった。だからって何も変えるつもりはないのだけれども。

「おーい！」

下からまた声がする。今度は男性の声だった。

「何してるんだ！　そこからどきなさい！」

どきなさいとは何だか偉そう。絵里子は少しだけむっとする。下をまたのぞきこむと、女性の声で悲鳴があがった。ちょっと面白い。

「飛び降りるつもりか！」

再び男性の声。そのつもりだけれど、それには答えない。集まった人たちはざわざわと騒いでいるが、絵里子には何を言っているか聞こえない。

「おい」

今度は背後から声がかかった。何だか遠慮がちだった。手すりに寄りかかったまま振り向くと、屋上へ出るドアのところにワイシャツとネクタイ姿の男性が数人いた。このビルに勤めている人たちだろうか。

「何してるんだ。こっちに来なさい」

近寄りながら先生みたいな口調でそう言う。さっきの下の人といい、大人の人ってみんなこう。もう誰にも命令をされたくない、と絵里子は思う。

「来ないで」

声が出た。自分の声じゃないみたい。こんなこと、あたし言えるんだ。

絵里子の声を聞いた大人たちの歩調がゆるむ。

「危ないから……手すりの中に入りなさい」

それでもまだ言う人もいた。

「それ以上来たら、飛び降りるから」

そういうわけじゃないけれども、こういう時はお約束のこの言葉だ。すると、大人たちはぴたっと立ち止まった。

「来ないでったら！」

大声を出すとすっきりした。大人たちはあとずさる。下でも後ろでもざわざわ騒いでいるばかり。あたしが望むのはただ一つだけ。邪魔をしないで。

遠くからパトカーのサイレンが近づいてきた。誰かが通報したんだろう。でも、あたし別に悪いことはしてない。もっと言えば、誰も悪くない。ただ、一人でひっそりと死にたくなっただけ。

猛スピードのパトカーが下に停まったが、うるさいサイレンは鳴らしていなかった。手前で音を消したようだ。救急車とか、なぜか消防車も来たみたい。

野次馬はさっきよりも増えた。ヘリコプターの音も聞こえる。あー、よくテレビでやってたりする――。

何だかことが大きくなってきたようだったが、絵里子にとってはまるで人ごとだった。周りがどう騒ごうが、関係ない。死んでしまえば、何もわからないんだから。

目を閉じると、何も聞こえなくなった。手を離しさえすれば、身体は宙に飛ぶ。風が運んでいってくれるかもしれない。

これがあたしの最後の日だなんて、素晴らしい。自分で選ぶことができるなんて、誇らしいと思わない？

『だから、死ぬにはきっと、うってつけの日』

そんな言葉みたいに。


「君――！」

さっきの遠慮がちなものより、もっとはっきりした声が背後からかかった。振り向いて見ると、屋上のドアからちょっと離れたところに、警備員みたいな格好をした人とスーツ姿の若い男性が立っていた。

「近寄らないで」

「わかった。これ以上は近寄らないから。そのかわり、話をしよう」

スーツ姿の人が言った。あれってもしかして私服の刑事なのかな。パトカーが来てるんだから、どこかに警官がいることは間違いないのだろうし。でも、さっきの人たちとあんまり変わらないな。

「君の名前は？」

「そんなの……これから死ぬのに言ってもしょうがないよ」

ひっそり死にたいって思っていたんだから、名前なんて知られなくていいのだ。

「じゃあ、質問を変えよう。君は……中学生？」

「そうです」

それくらいは、まあ教えてもいいかな、と思う。近所じゃないし。

「何があったかは知らないけど、思いとどまってはくれないかなあ」

「どうして？」

何で見ず知らずの人の言うことを聞かなくてはならないのだろうか。

「君が死んだら、悲しむ人がたくさんいると思うよ」

「そんな人……」

いないよ、と答えようとして、言葉が止まった。

何、あれ。今の、目の端にいたピンクのものは。

スーツ姿の若い人――刑事ということにしよう――の足元にいたような……最初からいた？　いや……わからない。そんな足元なんてちゃんと見てなかったし……。

絵里子はもう一度、さりげなく刑事の方を見てみたが――それは、消えていた。え。

さっきはいたのに……どうして？

「何か悩みがあるなら、聞いてあげるから」

再び話しかけられて、我に返る。

そう言われたことは今まで何度かあるが、それで話したことなんかないなあ……。話したくもないし、そもそもあたしに悩みはあるのかな。というより、悩んでいいんだろうか。

お父さんとお母さんがいて、自分の部屋のある家があって、学校の成績もけっこう良くて、顔だってそんなすごくじゃないけど、まあまあかわいい。洋服もたくさん持っているし、ピアノも弾ける。先生とも仲がいいし、生徒会活動だって去年やった。習字や絵や作文、工作でも賞をもらったことがある。

クラスメートからも頼りにされている。もちろん、学級委員だ。推薦されてなったのだ。告白だってされたことある。断ってしまったけど。

でも……それがどうした。

思わず、絵里子は鼻で笑った。どうしてそんな子が、自殺をしようだなんて思うんだろう。甘えてるとしか思えない。自分自身でも。

「遠慮しないで、言ってごらん」

絵里子は、ちらりと後ろをうかがった。刑事と絵里子のバッグの間に、なぜかぶたのぬいぐるみが置いてあった。刑事が投げたのか、それとも――いや、違う。ぬいぐるみは動いていた。ゆっくりと、歩いていたのだ。二本足で。

「本当に聞いてくれるの？」

「聞いてあげるよ」

優しい声だった。でもそれは、明らかに近づいている。ドアのところからの声ではなかった。気づかないふりをしていると、目の端のぬいぐるみが、じりじりと距離を縮めているのがわかった。

いったいどういうこと？　絵里子は混乱していた。あのぬいぐるみは何のためにいるの？　あのドアのところにいるのは、あたしの自殺を止めようとしている人たち。下で騒いでいるのは、ただの野次馬。

では、あのぬいぐるみの用途は何？

ただ気になることが一つ。ぬいぐるみは、絵里子にではなく、絵里子のバッグに近づいているような気がするのだ。何？　まさか、泥棒？

もっとわけがわからなくなってきた。自分はここに、自殺をするためにやってきたのに——あのぬいぐるみのおかげで、混乱するばかり。何なの、いったい⁉

絵里子は、ふいをつくように素早く振り向いた。

すると、ぬいぐるみはあっけなく、ころん、と転がってしまった。いや、ばったり倒れたというべきか。あわてて動きを止めたので、勢いで転んでしまったとしか思えなかった。

「うわっ……」

そうつぶやいたのは、さっきまでとは明らかに違う声だった。スーツ姿の若い刑事がつぶやいたのだ。

ぬいぐるみはそれにかまわず、顔を上げた。ピンク色のぶたのぬいぐるみだ。鼻の先が汚れていた。

「聞いてあげるよ」

しかし口調は変わらず、ぬいぐるみはそうくり返した。汚れた鼻先をもくもくと動かして。

絵里子は思う。

『もしかしてこれ、臨死体験……？』

なんかテレビで見たことある。きれいなお花畑があって、川の向こうや遠くから、死んだ肉親が「おいでおいで」と呼んでいる――。

いや。ここはお花畑もないし川も流れていないし、だいたい親しい肉親で亡くなった人がまだ一人もいない。両親双方の祖父母とも、遠くに住んでいるけれども元気だし、親戚も具合が悪いとか入院したとかいうのを聞くことはあっても、お葬式に出たことはなかった。

見たこともないぬいぐるみを見て、臨死体験と思うなんて――一瞬とはいえ、おかしい。でも、こんなことありえない……。

あ、そうだ。きっとあたし、落ちている途中なんだ――。多分、この幻が終わったら、地面に激突して終わり。だって早く飛ばなきゃ、警察が下にシートを敷いて、飛び降りても受け止められてしまうから、と思ってさっき焦《あせ》って――きっともうあたしは死んでいるか落ちているか、死にかけているか、そのどれかに違いない。

ぬいぐるみはようやく立ち上がった。身体についたほこりをパンパンッと勢いよくはたく。突き出た鼻をぷにぷに揉むと、汚れが多少目立たなくなった。黒ビーズの点目に、右側がそっくり返った大きな耳。かなり色褪せたピンク色——よく言えば桜色——の身体の大きさは、バレーボールくらいだった。

「ごめんね、驚かせて」

鼻の先がもくもく動いて、そんなことを確かにぬいぐるみは言った。かわいい外見とは全然合わない渋い声だった。そっちの方がびっくりする。

「とりあえず、そこからこっちに入ってこない？」

ぬいぐるみとの間には、バッグと手すり。かなり近いが、絵里子にとってはとても遠いように思えた。

「いや」

絵里子は即座に返事をする。

「あたしは死ぬんだから」

たとえもう死んでいても、儀式みたいなものだ。ここからあたしは飛ばなきゃ、多分本当に死ぬことはできない。

ぬいぐるみはぎゅっと腕組みをして、首をかしげた。眉間——いや、眉はないので、目間にしわが寄る。

「うーん……とにかく少し話をしない？」

それも必要なことなんだろうか。本当に死ぬための。このぬいぐるみは何？　神様のお使い？　天使みたいなものなのかな。けど、あたしは自殺だ。自殺した者が天国に行けるとは思えない。行こうとも思っていないけど。ただ死ぬだけでいいのに。そのあとのことなんて、どうでもいい。

「話をしないとだめ？」

とりあえずそう答えたが、絵里子は話をしてもかまわないと思っていた。だって、このぬいぐるみはかわいい。羽でも生えていたら、ぶたの姿をしていても天使とすぐに信じるだろう。でも、本当は早く一人になりたかったけれど。

「僕はしたいんだけど」

「じゃあ、少しだけね」

絵里子は、ビルのふちにまた座り込んだ。そして、空を見上げる。相変わらず素晴らしい日だった。小さな白い雲がぽっかりと浮かんでいる。今多分、あの雲が世界で一番白いものに違いない。

「そっちに行ってもいい？　隣に座ってもいいかな」

ところがぬいぐるみが言う。

「えー」

何を言い出すかと思ったら。

「だめ。ここには来ないで」

手すりから先はあたしの世界だ。この空は今日、あたしだけのもの。

「手すりまでだったらいい」

そう言ってしまってから、一瞬、不安になる。ぬいぐるみの外見をしているけれども、本当は頑強な怪物かもしれない。近くに来たら、何をされるのか——屋上の方にひきずりこまれて、死ぬことができなくなるかもしれない。

「ありがとう」

でも、そうお礼を言って近寄ってくるぬいぐるみに、絵里子の目は釘付けになる。自分の足でとことこと歩いてくるのだ。すごい。さすが現実じゃないだけある。

近くで見ると、ぬいぐるみはずいぶん毛羽立っていた。人にたくさん触られて、かわいがられているようだった。自分もこんなふうになったぬいぐるみを知っている。普通の子供時代を送った人なら、みんな知っているだろう。

「で、どうしてこんなところで座ってるの？」

手すりの間から鼻先を突き出して、ぬいぐるみは言う。それを見て気がついた。もう一歩踏み出せば、手すりの間を抜けられるくらい、彼は小さいし、柔らかそう。ちょっと触ってみたくなったが——危ない危ない。それが作戦なのかも。

「自殺をしようと思って」

そんなこと、とっくにわかってるくせに、とは突っ込まずに、絵里子は答えた。

「そうか……死にたくなっちゃったんだ」

ぬいぐるみは何だかがっかりしたような顔になる。

「そうだよ」

「死にたくなるようなことがあったの？」

そう言われると、返事に困る。

「こんないい天気なのに——どうして今日死のうと思ったのかな？」

「それは……いい天気だったから」

ぬいぐるみが、首をかしげた。

「昨日まで、学校休んでたの、あたし」

風邪で、だけど。熱が出て、鼻水が出て、喉が腫《は》れて、咳が出て——ものすごく久しぶりに、フルコースのたちの悪い風邪をひいて、一週間も学校を休んだ。中学三年になって、新しいクラスになったばかりなのに。今まで本当に、片手で余るくらいしか学校を休んだことがない、皆勤賞も常連だったのに——。

「寝込んだ最初の頃は、早く治りたい、学校に行かなきゃって思ってたんだけど、ずっと眠ってばっかりいたら、何だかどうでもよくなっちゃって。一週間、ほんとにこんなに眠ったことないってくらい寝たの。それで今朝起きたら、すごく爽快だったのね」

何だかすっきりして、びっくりするほど頭がクリアになったのだ。けれどそれに気づいたのは、家を出たところでだった。いつものように制服を着て、お母さんが用意してくれた朝食を食べ、かばんに教科書を詰めて外に出たら、空が一段高く青くなっていた。一週間前まで残っていた桜の花はすっかり葉桜になり、何もかも目に染みるくらい瑞々《みずみず》しかった。まるで、違う世界に来てしまったみたいだった。

今までそんなこと、一度も思わなかった自分に気がついたのだ。いつも急いでいて、焦っていて、この道をちゃんと見て歩いたことなどなかった。この一週間、お母さんとしか話していないことにも気づいた。誰もお見舞いに来なかったし、電話もメールもなかった。

あ、あたしってもしかして……友だちがいない？

クリアになった頭に、その言葉がいやにはっきり響いた。

だから――学校が近づいてきて、同じ制服を着た背中を眺めていたら、自分がこの中にいてもしょうがないんじゃないか、と突然思ったのだ。世界は自分がいなくても変わっていく。心配してくれる友だちもいない。

ずっと楽しく過ごしてきたつもりだったのに、改めて考えてみると、いくらでも疑問が湧いてきた。何が好きで、何がやりたくて毎日を過ごしているのかもわからない。志望高校はもう去年から決めていて、多分このまま行けば難なく受かると先生に太鼓判を押してもらっていたが――そこは、行けばお父さんとお母さんが喜ぶ高校というだけだ。でも自分が行きたい学校なんて、もっと思い当たらない。

あたしは、空っぽだ。

「そしたら、学校に行きたくなくなっちゃって」

頭が整理できないまま、順序もめちゃくちゃに、絵里子はぬいぐるみに思いの丈を話して聞かせた。

「前にもそういうことはあったの？」

絵里子は首を振る。

「学校サボったことなんか、一回もない」

そんなこと、考えたこともなかったから。

気づかなければよかった。一生気づかなければ、幸せに過ごせたかもしれないのに。もうこれから、空っぽな自分をどうするか、ずっと考えながら生きていかなくちゃならない。どこから、何から、そしてどうやって埋めていけばいいいんだろう——。

「一回だけしかサボってないのに、死のうと思ったの？」

「だってもう、帰れないもん。あたしはそういう子じゃなかったから」

お父さんとお母さんが思っていた子ではなくなってしまったから。生きて帰ったら、違う子になっているのに気づかれる。

「それが失敗みたいなことだと思ったの？」

ぬいぐるみは鼻だけを動かしながら、そう言った。絵里子はこっくりとうなずく。今までそんなこと一つも許さなかった自分が、どうしてこうなってしまったのか。元々、そういう子じゃなかったんだろうか――。

「僕は何度もサボったことあるけど……それで家に帰れないなんて一度も思ったことはないな」

「え、サボった？　何を」

ぬいぐるみの答えに、一瞬気持ちが引き寄せられた。

「いろいろ。バイトとか」

バイト……このぬいぐるみからそんな言葉を聞くとは。バイトって一応仕事ではないか。仕事って……何だろう。とにかくじっとしている、とか。ぬいぐるみとして、様々な場所で。

「学校もあったし……無断じゃないけど、サボらなきゃならない時も――いや、休まなきゃならない時もあるからね」

学校――今度はその言葉が絵里子の頭の中をぐるぐるする。ぬいぐるみがランドセルを背負っている姿を想像してしまった。すごくかわいい。黄色い通学帽とかかぶってたりして。もちろん耳が出ている。

「サボるって思うから罪悪感があるかもしれないけど、それは単に休んでいることだと思えない？」

今までの想像が、しゅーっと音を立てて消えていった。

「それは……何だか開き直ってるようにも思える」

大人の理屈だ。ありきたりな言い訳に過ぎない。休むって何？　あたしは別に疲れてなんかいない。だって……まだ中学生なんだよ。

「妥協だと思う？」

絵里子はうなずく。問題をすり替えているようにしか見えなかった。

「うーん……」

ぬいぐるみは下を向いて考えているようだった。もう話すことはないのかな。腕を組んでいる仕草がとてもかわいくて、いつまでも見ていたいようにも思うが、あたしはそろそろ死ななきゃならない。

「学校サボって、すぐここに来たの？」

顔を上げたぬいぐるみは、意外な質問をしてきた。

「ううん」

「どこに行ってたの？」

「……昔住んでた家の近く」

記憶をたどって行ってみた。もっとずっと時間がかかると思っていたが、徒歩でもすぐ着いてしまった。小さな頃の距離感はあてにならないものだ。

赤ちゃんの時から幼稚園まで住んでいた家が社宅だったというのは、今日初めて知った。小さくて古かったが、絵里子はこの家が大好きだった。一人っ子の絵里子のことを、近所の人たちみんながかわいがってくれたし、子供もたくさんいたから、いつも遊んでもらっていた。

誰か知り合いはいないかとのぞいたけれども、知っている顔は一人もいなかった。自分が忘れているだけかもしれないが、そういえばあの頃も入れ替わりが激しかった。昨日まで遊んでいた子が次の日に引っ越していったり、いつの間にか新しい友だちができていたり――。ここは、若い夫婦が一時期暮らし、どこかに家を買い、引っ越していく

――そういう場所なのだろう。

「どうしてそこへ行こうと思ったの？」

その質問に、絵里子は答えられない。誰か知っている人に会っていたら、ここにいなかったんだろうか。それとも、やっぱりこうしていたのかな。

「誰かに会いたかった？」

「……そうかもね」

誰でもいいから、あたしのことを憶えている人に。

「でも、誰もいなかった。それで、ふらふらしてるうちにここへ来たの」

あんまりふらふらしていて、補導されても困るから。

「今、誰かに会いたい？」

絵里子は首を振る。

「誰にも会いたくない」

「お父さんやお母さんにも？」

「うん。だって——もう本当に死なないと」

絵里子は再び立ち上がる。

「いつまであなたとしゃべってなくちゃならないの？」

風がふわりと下から髪を吹き上げる。このまま飛んで行けそうだ。

「死んじゃだめだよ」

ぬいぐるみは鼻とお腹を手すりの間から突き出しながら言う。

「君の命は君だけのものじゃないんだから」

「お父さんとお母さんが悲しむとか言うんでしょ？　そんなのわかってるよ。けど、わかってるからって死ぬのを我慢して死ぬような苦しみを味わわなくちゃならないの？　同じことじゃない」

生きていればいつかはいいことがある——それも理屈ではわかっている。でも、それが自分には待てそうになかった。ずっと悩んでいたわけじゃないから余計に。明日からこんなわけのわからない心を抱えて生きる自信なんてどこにもなかった。今までみたいに、みんなを喜ぶ顔にしてあげることなんか、できそうにない。

もう、誰もあたしには喜んでくれないんだ。ううん。今までだって誰も喜んでいなかったのかも——。

「せっかくぶたぶたさんが来てくれたのに！」

後ろから突然声がかかった。若い男の人の声だ。彼は続けて叫んだ。

「ぶたぶたさんが死なないでって言ってるんだよ！」

絵里子はぬいぐるみを見る。

「あなた……ぶたぶたって名前なの？」

「うん。名字は山崎ね」

山崎ぶたぶた——そんなちゃんとした名前があるだなんて思わなかった。これはただのぬいぐるみ。あたしが見ている生死の境にいるぬいぐるみ。本当に存在するものだなんて……今も思えない。

「君の名前は？」

「あたし？　あたしは……室田絵里子」

「絵里子ちゃん、だね」

ぬいぐるみからちゃんづけ！　このぬいぐるみ、あたしより年上⁉

「歳、いくつなの？」

「歳はね、もうおじさんです」

おじさん……確かに声はそうだ。ぬいぐるみのくせに。

「ぬいぐるみなのに、おじさんなの？」

「そうだよ。絵里子ちゃんはいくつ？」

「十四歳……」

もうすぐ十五歳になる。

だんだん周りの音が聞こえてきた。下からは悲鳴が聞こえ、ヘリコプターがバラバラと騒がしい。絵里子は、しっかりと手すりをつかんでいた。

あたし……まだ死んでない？

さっき叫んだ若い刑事に視線を向ける。じっと絵里子を見ているだけで、何も言わなかった。ドア付近には人が少し増えているようだったが、こっちに近寄ってこようとはしていない。

「あたし……一人でしゃべってたの？」

「そんなことない。僕としゃべってるじゃないか」

ぬいぐるみが手をぶんぶん顔の前で振りながら言う。

「だって……あなたはぬいぐるみだし」

そう言ったとたん、涙が出てきた。

会いたい人はいない。確かにそうだ。だって、人じゃないから。

あそこに行ったって、もうないってわかっているのに、行かずにはいられなかった。

もう一度会いたかったから。

小さい頃、一緒に寝ていたお気に入りのぬいぐるみがいた。大きなうさぎのぬいぐるみだ。女の子だった。彼女に向かって、絵里子はいつも話しかけていた。何を話したのか忘れた――というより、何でもしゃべった。憶えたての言葉で、いっしょうけんめいになって。返事も受け答えもしてくれた。目の前にいるぬいぐるみみたいに動いたりはしなかったけれども、いつでも声は聞こえた。あの社宅の小さな家での、一番の友だちだった。絵里子と一緒に歳を重ね、ボロボロになっても決して手放さなかった。

新しい家に引っ越す日、いつの間にか彼女がいないことに気づいてあわてる絵里子を見て、両親は顔を見合わせて笑った。その晩、ピカピカの絵里子の部屋の、初めてのベッドの上に、彼女とそっくりの真新しいぬいぐるみが置いてあった。

「ぬいぐるみも新しいのにしたわよ。きれいになったでしょ？」

お父さんとお母さんはにこにこしている。絵里子は、ちっともうれしくなかったけれども、両親の笑顔に、

「うん。ありがとう」

と答えた。一人だけ悲しんでいるのはいけない、と感じたから。

寝る時になって、絵里子は新しいぬいぐるみに前と同じように話しかけたが、もう彼

女の声は聞こえなかった。その夜から、絵里子はぬいぐるみと眠ることをしなくなった。

捨てられたのは、死んだのも同じだ。あたしは、あの子に会いたかった。誰よりもあたしの話を聞いてくれたあの子に。

「どうしてあの子を捨てちゃったの？　あの子じゃないといやだ」

あの時、泣き叫んで、元の家に戻って、あの子を連れ戻せばよかった。そう言いたかったのに言わなかった自分。どうしてあきらめてしまったんだろう。

あきらめる……？

そんなこと、許せなかったはずなのに——ずっとそうだったなんて。今日初めて思ったんじゃない。きっと昔からそうだったんだ。わかっていたのに気づかないふりをしていただけ。何となくあきらめたり、何となく我慢したりして、だけどその結果の大人が喜ぶ顔を見て安心していたんだ。

妥協していたのは、あたしの方。今日、初めて妥協するのをやめたんだ。

「大丈夫？」

簡単に入れるのに、律儀に手すりの向こうからそう言うぬいぐるみを見て、絵里子は思う。

その子なのかな。このぬいぐるみ。名前も違うし、男の子でもなかったけど……その子なのかもしれない。

「あたしの声が聞こえるの？」

絵里子は泣きながらそう言った。

「聞こえるよ」

「あたしの話を聞いてくれるの？」

手すりの向こうに飛ばなくても。死んだあの子に会わなくても。

「そうだよ。ゆっくり話そう。こっちにおいで」

絵里子は、身体を手すりの方に向けた。手を伸ばすと、ぬいぐるみも手を伸ばす。その手をつかもうと身体を乗り出すと、足が離れて、身体が宙に浮かんだ。あ、倒れる、と思ったら、数本の手が伸びてきて、絵里子の身体を支えてくれた。

ぶたぶたの手はくにゃっと手の中でつぶれただけみたいだったが、絵里子の指をしっかり握ってくれているように思えた。

「よかった」

ほっとしたように、ぶたぶたは言った。にっこり笑っている。

絵里子が死ぬことをやめても、青空と風は変わらず、すがすがしくそこにあった。

今日は何にうってつけの日だったっけ——ああ、きっとそう……死ぬのだけではなく、何をするのにもうってつけの日だったに違いない。たとえば、こうやってもう一度生きることとか。


「刑事さんなんですか⁉」

隣の部屋から、お母さんの素っ頓狂な声が聞こえてきた。どんな顔をしているのか想像すると、笑いがこらえられない。くるまれた毛布に顔を埋めるしかなかった。

「笑い事じゃないんだよ」

立川《たちかわ》と名乗った若い刑事が言う。絵里子は、警察署の中の応接室のソファーに横たわっていた。

「ごめんなさい」

「こういう時は、本人より家族と話をするのが大変なんだから」

「そうなんですか？」

「そうだよ。ぶたぶたさんがどういう扱いを受けると思ってるんだ。投げられたり蹴られたり、お茶かけられたり――」

「えー……」

絵里子はあまりの申し訳なさに絶句した。

「まあ、いつもってわけじゃないけどね。でも、混乱しているだけじゃなく、無理解な家族もいるから、ちゃんと話をするのは難しいんだよ。ぶたぶたさんが同じ人に窓から投げ捨てられた記録だってあるんだから」

「投げ捨てられたって……？」

「ぶたぶたさんが話し出すと窓から思いっきり外に投げて、ぶたぶたさんがまた戻ってきてまた窓から投げて――そのくり返しの記録」

「そんな……ひどい……」

信じられない気持ちがわからないわけではないけれど。

「けど、ぶたぶたさんはあきらめないから。根負けしたのは、投げた人の方だったんだよ」

「そうなんだ……」

立川刑事は、部屋の隅にあったポットからコーヒーを注いで持ってきてくれた。

「ぶたぶたさんがちゃんと親御さんに話してくれるけど、君も自分で話すんだよ」

「はい」

「ぶたぶたさんに助けてもらえてよかったね」

絵里子はうなずく。その言葉の意味が、今ならわかる。彼が思わず叫んだ時の気持ちも。自分を現実に引き戻してくれたのは、彼の叫びでもあったのだ。そして、大切なことを思い出させてくれたのがぶたぶた。人の命は、たくさんの人やものや出来事に助けられるものなんだ、と絵里子は初めて思った。

「あ、おいしい……」

そして、コーヒーを初めておいしいとも思った。今まではただの苦いお湯だったのに。

「それは、ぶたぶたさんがいれてくれたものだよ」

立川刑事も飲みながら答えた。

「また飲みに来てもいいですか？」

「それはあとで自分で訊きなさい」

「……そうします」

隣の部屋では、またお母さんが大声をあげていたが、それはまるで笑い声のようにも聞こえた。

ボランティア

友だちの琴枝《ことえ》から山歩きに誘われた。

隣の県の山までバスで行って、軽く歩いて帰ってくる、という行程だそうだ。

「ハイキングって感じだから。そんなにきつくないわよ」

行ったこともないのに、断言するのが琴枝らしい。

「ハイキングと山歩きは違うの？」

「ちょっと違うらしいよ。あたしもよくわかんないけど」

彼女は大雑把《おおざっぱ》な性格をしている。

山歩き――興味はあるが、山は最近、高齢者の遭難者が多いと聞く。世津《せつ》は自分の年齢を考えて、少し不安になった。友だちと一緒に参加とはいえ、はぐれたりしたらどうしよう。

「何を準備すればいいの？」

彼女に根掘り葉掘り訊いたが、今ひとつ要領を得ない。今度は大いに不安になる。夫に訊いても、そういうことに興味がないので「よくわからない」で終わりだ。

娘に電話をしてたずねると、

「それは多分、トレッキングのことだね」

と言う。トレッキング？　また知らない単語が出てきた……。

しばらくして娘は、インターネットで検索して調べてくれた装備のリストをファックスで送ってくれた。

「そうよね……。心配だからって何でも持っていったら、重くなって疲れちゃうし……」

調べてもらった効率的で、山登り以外にも使えるような、さらに値段も手頃な装備を整える。服とか、靴とか、リュックとか、水筒とか。

「今は、軽くて便利なものが多いのね」

身体を動かすことをしたいと思っていた。近所の散歩は続けているし楽しいが、運動という感じではないのだ。スポーツジムに行こうか、水泳をしようか、といろいろ考えたが、どうも気後《きおく》れしてしまう。

トレッキングならば、今の世津の気分にはぴったりに思えた。山の景色もいいだろうし、ちょっと長い散歩だと思って、楽しもう。

そして、山歩きバスツアーの朝。

琴枝の装備は、やはり多すぎた。リュックなんてパンパンだ。しかも何を入れてきたのか、やたら重い。

「あんた、どうしてそんなに軽装なの？」

「娘に相談したら、この程度でいいって」

寒くなるのが怖くて、ちょっと奮発して機能性の高い上着などを買い込んだら、驚くほど高かったけれども。

二人とも初めての参加なので、どちらが正しいのかわからない。

ただこのツアーは初心者向けの指導つきのものだったので、バスの中で持ち物チェックが行われた。

琴枝は、事前に渡された持ち物リストを世津に渡すのを忘れていた上に、添乗員に「荷物が多すぎる」とダメ出しされていた。世津は特に注意点なしだったのに。

「不要なものはバスの中に置いていった方がいいですよ」

そう言われて、琴枝はどれを置いていくか選別しようとしたが、

「ああ、何を置いてっても不安になりそうー。せっちゃん、どれにすればいい？」

「そんなのわかんないわよ」

琴枝は大雑把なくせに優柔不断なのだ。

「これ持って最後まで歩ける体力があるの？」

さっき持たせてもらったが、世津には無理だ。

「うーん……何とか平気だと思う」

「ほんとに？」

経験がないのに妙な自信があるのが琴枝らしい。

「平気だと思ったから、持ってきたんだし？」

確かに小柄でやせっぽちな世津と比べると、琴枝の方が身体は大きい。太っているというわけでもないし。

体力のあるなしはよくわからないが。でも、どこにでもタクシーで行くとか、そこまで衰えていないはずだ。

「じゃあ、持っていけば？　もし大変だったら、あたし少し持ってあげるし」

リュックにはけっこう余裕がある。

「そうだねー。そうしようかな」

バスの中で琴枝の持ってきたおやつを少し減らしているうちに、隣県にある目的地に着いた。思ったよりも遠くなかった。

登山口でもう一度注意がされる。

山歩きのルートはほぼ一本道だが、脇道には入らないこと。順路の立て札を見て無理せずに登ること。一人では行動しないようにして、はぐれたり身体に不安を感じたら、歩き続けないで連絡をすること。水分を取ることを忘れないこと、等々――。

何だかうるさいようにも思ったが、参加者はほとんど世津や琴枝と同年輩ばかりなので、何があってもおかしくない。

とにかく無理せずゆっくり楽しみながら歩けばいいわけね、と世津は思う。

「いい天気でよかったねー」

最初はみんな固まって歩いていたので、おしゃべりに花が咲く。天気予報では曇りと言っていたが、しっかり晴れていた。気分も高揚する。

だがそれもつかの間、次第にそれぞれが自分のペースを見つけて、それに合わせたグループを作り出していった。世津と琴枝は、残念ながら最後のグループの、さらにお尻の方。まったくの初心者は、二人だけだったのだ。

しかも、途中で琴枝が弱音を吐き始める。

「あー、やっぱり重いー」

「持ってあげようか？」

約束通り、少し彼女の荷物を預かるが、それでもしんどいらしい。世津は全然平気だった。まだいつもの散歩と変わらない気分だ。

「リュックの肩紐とか調節した方がいいんじゃないの？」

そういうのにも無頓着な琴枝の世話をいろいろ焼いたが、休憩して歩き出しても十分もしないうちにまたバテてしまう。

「もう〜、休みたい〜」

「こんなに休んでると、どんどん遅れちゃうよ」

マイペースでいいと言われているが……。

「せっちゃん、先行っていいよ……」

「えー、でも一人で行動するなって言われたじゃない」

「だって、一本道なんでしょう？　そのうち先に行った人にも追いつくよ、せっちゃんのペースなら」

「そうかなあ……」

そんなに速くはないし、急ぎたくもないのだが。

「それに、他にも通る人いるし」

確かに人が多いわけではないが、少ないわけでもない。

「じゃあ、ゆっくり行ってるね」

「うん。休んだらすぐ追いかけるから」

いいのかな、と思いながら、世津は一人で歩き出した。

天気がよくて気温もけっこうあるが、梅雨にはまだ早い時期なので、空気が乾燥している。とても清々《すがすが》しかった。夫がこういうことにからっきし興味がないのが残念だ。あっちは典型的なインドア派で、世津はどちらかといえばアウトドア派。

でもまあ、一人でこうやって気軽に歩けるというのもまた楽しい。鼻歌まで出てきそうだ。

だが、次第に坂の傾斜が出てくる。散歩でもそうだが、こうなると景色を楽しむよりも、歩くことに集中し始める。これはこれでまた楽しい。

だが、ついつい夢中になりすぎてしまうこともある。

一本道をゆっくり歩いていたつもりだったが、いつまでたっても前の人にも行き着かないし、琴枝も来ない。彼女があのペースでこっちに追いつきはできないだろう、と思って、水分補給の時にメールを送ってみた。

『しばらく待ってようか？』

電話の方が早いだろうと思ったが、少しアンテナが不安定なのだ。この静かな山の中で着信音を鳴らすのも無粋《ぶすい》だな、とも思う。メールはちゃんと送信できたので、そのうち返事が来るだろう。

しかし、木々の合間から見える景色や、傍《かたわ》らに咲く花や瑞々《みずみず》しい若葉、鳥の声に耳を澄ましているうちに、時間がみるみる過ぎていた。相変わらず人の姿はない。すれ違う人すらいない。山道で知らない人に「こんにちは」って言うのを楽しみにしていたのに。

いや、そんな場合ではない。

もしかして、迷った？　一本道だって言ってたのに。

世津は周囲を見回した。

特に狭い道でもケモノ道でもなさそうだけれど、このまま進んで立て札などを探すか、引き返すか――悩むが、どこからどう立て直せばいいのかわからない。

琴枝は大丈夫だろうか……。一応添乗員があとから着いていくと言っていたから、あそこで休んでいたのなら行き会っているだろうけれども……自分はどうしよう。

携帯電話はあるので、そんなに不安ではないが、さっそく迷惑をかけてしまったのか、と思うとちょっとがっくり来てしまう。自分は大丈夫、そんなことにはならないというのは、やはり過信のようだ。

だがその時、何かが近づいてくるような気配がした。動物かもしれない。山の中の草がカサカサ言っている。しかも、音がやけに軽い。鳥？　蛇？

とりあえず、あまり油断しないように道を少し進み、草むらから離れて立ち止まる。そのまま行ってしまった方がよかったのかもしれないが、どうにも気になり振り返ると、ちょうど草をかき分けて、何かが道へ出てきたところだった。

「あ、こんにちは」

そう普通に挨拶してきたのは、ぶたのぬいぐるみだった。

最初に思ったのは、

「あたし、死んだ?」

だった。誰一人人間とすれちがわなかったし、ちょっとおかしいな、と思い始めた頃だったから。

きっとどこかで滑落したりして、一人でひっそりと倒れているんだわ……。それとも、どこかで居眠りをして夢を見ているのかも。どっちにしろ、早く目を覚まさなくちゃ――。

「どうなさいました?」

ていねいな言葉遣いの中年男性の声に、世津は我に返る。

やっぱり夢だったのだわ、と思って、声をした方に顔を向けると、やっぱりぬいぐるみがそこにいた。薄ピンク色のぶたのぬいぐるみ。ポンと蹴飛ばすのにちょうどよさげな大きさ、大きな耳に突き出た鼻、黒ビーズの点目……。しかも二本足で立っている。泥棒みたいにビニール袋を背負っている。

おとぎ話は信じないというか、縁がないというか――昔から割と「夢がない」とか言われていた方なので、これは困った。夜見る夢でも、突飛《とっぴ》なものは見ないというタイプなのだ、自分は。

ただ、ちょっとそういう空想を信じられる想像力のある人には密《ひそ》かに憧れていた。憧れていたが――自分の身には起こるはずもないと思っていた。いや、まったく関係のないことだとばかり。

世津は、どうしようかと迷ったあげく、何も言わずに、スタスタとその場を離れた。

「ああっ、そっちには行かない方がいいですよ！」

声が安心感のある男性の声だから、つい振り向いてしまう。どうしてこんな声なんだろうか。見た目かわいいんだから、普通は子供の声じゃないのか。

「登山道からはずれてますから。よく知っている人じゃないと、迷いますよ」

鼻がもくもく動いている。その様子に、狐かタヌキが化けているのではないかと思う。山の中で出会う面妖《めんよう》なものといえば、それくらいしか浮かばない。

でも、それなら人間に化けた方がいいのでは……？

「ほとんど一本道なんですけど、一箇所だけわかりにくいところがあって。気づかないでこっちに来ちゃう人がたまにいるんですけど、最近は立て札にいたずらされたりもして、危ないんですよ」

困ったもんです、とぬいぐるみがため息をついたような気がした。

「大丈夫ですか？　ご気分は悪くないですか？」

特に異状はないが、反応するのが怖かった。相手がどう解釈するかわからない。

「……顔色はいいみたいですね？」

ぬいぐるみはビニール袋を前に回し、手に持っていた草を入れた。その仕草は、孫と一緒に見に行った外国の子供向けアニメの一シーンのようだった。ものすごく作りこんであって、実物みたいに見える。

「引き返しましょう。ご案内しますよ」

声だけ聞くと、本当に信頼できそうな紳士なのだ。しかし、こんな外見のものについていってもいいものだろうか。

でも、どっちにしろ迷っているようなものだし……。案内してくれるのなら助かるのだけど……。

念のため、琴枝に電話しようとしたが、やはり電波が弱くて、呼び出し音が鳴る前に切れてしまった。

「電話通じますか？　僕のを使います？」

そんな滅相《めっそう》もない。世津は首をぶるぶる振った。

このまま置いていかれるのも心細い。仕方なくぬいぐるみのあとについていくことにした。


「この山は初めてですか？」

さりげない世間話という感じでぬいぐるみは歩きながら話しだした。とても自然な始まりで、考える前に世津はうなずいてしまう。

「初心者向けと言われているんですが、混んでくるとマナーの悪い人も増えて、困るんですよねー」

普通なら「そうなんですかー」と相槌《あいづち》を打つところだが、どうしたものだろうか。怖いというより、本当にもう頭が追いつかないのだ。逃げようにもこれこそ一本道で、引き返したら「危ない」と言われている。退路を絶たれているのだ。

「低いとはいえ山ですから、天候が変わりやすいとか、寒暖が激しいとか考えないで来ちゃう人もいて」

おっかなびっくりうなずくだけにしておくと、

「僕は、休みの日にボランティアで山の案内をしてるんです。地元の人間ですから」

人間……。ぬいぐるみに「人間」と言われて、思いの外世津はショックを受けた。

「迷い込んだ人を登山道に戻すために——って、大丈夫ですか⁉」

はっとしたようにぬいぐるみが立ち止まる。世津は彼（声が男性なので）のだいぶ後ろに立ちすくんでいた。

「顔色が悪いですよ。座りましょうか？」

言われたとおり、道端の石の上に座った。

「どうしたんですか？」

物言いはすごく優しいので、「あんたのせいで」とはとても言えない……。

「お水とかはあります？」

訊かれて、あわててリュックから水筒を取り出し、一口飲む。

「けっこう暑いですからね。水分はちゃんと取らないと。頭痛や吐き気はありませんか？」

迷ったが、首を振る。座るとすぐに気分はよくなった。精神的なものなので——いっそ説明して、退散してもらおうか、と思ったが、直接的な言葉しか思い浮かばない。

「大丈夫ですか？」

本当に心配そうな声なので、何だか申し訳なく思えてきた。おとぎ話に縁はないが、見た目に関係なく親切な人がいるってことくらい知っている。

とはいえ、そういうのってやっぱり建前なんだなー、とも思えて、何だか恥ずかしくなってきた。ぬいぐるみとして見ればかわいいのに……。

「もう少しですよ。山奥に入り込んだわけじゃないですからね。それとも、ふもとに連絡して迎えに来てもらいましょうか？　ケータイが通じなくても、無線がありますから」

そんな具合が悪いわけではないので、あわてて首を振る。

「じゃあ、立てますか？」

うなずいて立ち上がる。落ち着いたのか、元々何ともなかったのか、そのあとは特に調子を崩すことはなかった。ただ黙々とぬいぐるみのあとについていった。

「もうすぐ登山道ですよ」

と言われた時、携帯電話が鳴った。琴枝からのメールだった。

『今、ここにいるんだけど、せっちゃんはどこ〜？』

危機感のない絵文字と立て札の写真つきのメールに、ちょっと気が抜ける。

「もしかして、同行の方からですか？」

たずねられたので、メールを見せた。

「ああ、じゃあこの立て札のところまでご案内しますよ」

「いいです！」

ようやく声が出た。

「え？」

声が出せない人と勘違いをしていたのか、ぬいぐるみは小さな目をぱちくりさせた
——ような気がした。

「いえあの……わかるところまでで……」

「ああ、そうですか。わかりました。分かれ道まで戻れば、あとは本当に一本道ですから」

何となく表情はわかるのに、気を悪くしているかどうかはわからなくて、不安になる。

登山道と山奥の分かれ道は、確かに立て札の傾きが少しわかりにくくなっているようだった。

「誰かの荷物がぶつかったのかもしれませんね。やっぱり立て札を新しくしないとダメかなあ」

小さな身体で立て札を直しているのを見ると、何だかかわいそうだった。世津がこき使っているように見えないだろうか……誰もいないけど。

「ここをまっすぐ上がれば、さっきのメールにあった立て札のところへ行けますよ」

「あ、ありがとう……」

やはり、お礼くらいは言っておかないと仁義に反する気がする。たとえ今の状況を受け入れられなくても。

「あ、それと――」

突然ぬいぐるみが座り込んで、背負っていたビニール袋をおろし、中身を探りだした。

「山菜、いかがですか？　ワラビとゼンマイですけど」

山菜の束を取り出したぬいぐるみの両手は、布なので汚れていた。

――わたしはこのぬいぐるみを受け入れられないのに、彼はわたしに摘んだばかりの山菜を差し出すのだ。

そう思ったら、説明できないものがこみ上げてきて、世津は落涙《らくるい》した。

「えっ、どうしたんですか？　本当に大丈夫？」

ぬいぐるみは、とてもあわてていた。そんなにあわてなくていいのに……。そんなことしてあげる義理も恩も、わたしにはないのに……。

「大丈夫です……」

むしろ、世津の方こそ何かしてあげなくてはいけないのではないか。

「なんか……感動しちゃって……」

何に基づいての感動かと考えると、嘘ではないけれど、何だか嘘を言ったようにも思えた。感動というのも、適切な言葉ではないが、もうそれくらいしか出てこない。

「山菜、いただきます、ありがとう……」

まだ差し出している山菜を取ると、汚れた布の手がそのままの形で残った。彼もびっくりしているようだ。

「それじゃ……さよなら」

世津の別れの言葉に、ぬいぐるみはハッとしたようだった。

「やっぱり付き添いますよ、お友だちのところまで」

「いえ、平気です……多分」

するとちょうど、少し曲がった道の先から、誰かと挨拶している琴枝の声が聞こえた。声が大きいのが役に立ったのは初めてだ。

「あの声、友だちのです。じゃあ、これで」

世津は急ぎ足でその場を離れた。


そのあと、琴枝と合流した世津は、予定に少し遅れながらも、山歩きを楽しんだ。

だが、琴枝はしきりに、

「なんか元気ないんじゃないの？」

と気にしていた。さすが長いつきあいだけある、と思ったが、あの出来事はたとえ琴枝であっても、まだ話す気にならない。

ふもとの産直店でおみやげを買っていた時、店員の女性に話を聞いてみた。

「ボランティアで山を案内してくださる方がいるって――」

「ああ、いますよ。今日は山崎さんかな？　会いました？」

「い、いいえ……」

「ちょっと変わった人ですけど」

彼女は何となく思わせぶりな含み笑いをした。

「山菜やキノコのことにもくわしいんですよ」


家に帰ってから、もらったワラビとゼンマイをおひたしと天ぷらにした。

香りが高く、苦味もさわやかに感じた。摘んだばかりだからだろうか。

酒の肴で食べていた夫が、ふと言う。

「これ、勝手に取ってきたの？」

「違うよ、もらったの」

「地元の人？」

「うん」

ふもとで聞いた「山崎さん」はきっと彼のことなのだろう。

「ボランティアで、迷った人を案内してるんだって」

「あー、山菜の取れる山奥に勝手に入って、遭難する人が多いんだってなー」

遭難――そんなことはまったく考えていなかったので、ぞっとした。

それに……もしかして、そういう山菜を盗ろうという人間だとあのぬいぐるみに誤解されてしまったのだろうか。

そう考えた時、一番がっかりしている自分に、世津は驚いていた。彼の様子から、自分をそんな無断乱獲者だとは思っていなかったようだが。いや、彼の本当の気持ちはまったくわからないけれども――少なくとも、自分の態度はお世辞にもちゃんとしたものではなかった。たとえぬいぐるみ相手であろうと。

でも……やっぱりぬいぐるみ……。

世津は、いまだいっぱいいっぱいになっている自分がいやだった。きっと空想好きな人って、もっと余裕があるに違いない。きっと何でも受け入れられるんだろう。

そして、自分の頭の中で、整合性のある結論を出して、心穏やかになるに違いない。

たとえば、

『あれは山の親切な妖怪で、道に迷った人の前に現れる』

とか。

そう刷り込もうとした世津だったが、だったら記憶の中だけのものにしてほしかったと思う。もらった山菜はどう説明つけるというのだ。しかも、ちゃっかり食べてしまったし。

今になってそれに気づいて、激しく自己嫌悪に陥った。そんな気持ちも、久しく感じていなかった。

これを解消するためには——どうしたらいいんだろう。

しばらく悩み続けた世津は、結局一ヶ月後、同じ山に登ることを仕方なく受け入れる。

あのぬいぐるみに会えるかどうかは、神のみぞ知ることだったが。

最強の助っ人

引っ越しをすると決めたのは、確か半年前。

そして、引っ越しの日は今日。今、朝の七時。十時に引っ越し屋のトラックが来る。

なのに……。

「どうして部屋の様子は半年前のままなのかしら？」

思わず芝居がかった独り言などを言ってみる。言ったところで荷物がダンボールに入るわけでもなし。ああ、これが魔法の呪文なら。

昨日までいったい何をしていたのか……考えたくない。寿々《すず》は、頭を抱えて、部屋の真ん中に座り込んだ。

いやいやいやいや。決して物が多いわけではない。多分。人並みか、人より多少多い程度。床は見えるし。荷造りはしていないが、いらないものは捨てた。そのかわりに買ったものもいくつかあるが、それは見ないふり。

少なくともゴミ屋敷じゃないだけいいじゃないか――とつぶやいたところで、それが気休めというのはわかってる。

その時、電話の呼出音が聞こえた。ケータイ……ケータイはどこに置いた？

新聞の下敷きになっていた携帯電話をひっぱりだし、通話ボタンを押すと、

「おはようー。準備できてるー？」

腹が立つほど明るい声が聞こえた。友人の千尋《ちひろ》だ。手伝ってもらう約束をしている。

「おはよう……」

「今からそっち行くね。それとも、引っ越し先に行った方がいい？」

「うーん……こっちに来てもらった方がいいかな……」

「――ずいぶん疲れた声だね。荷造りで徹夜？」

「それならまだいいよ……」

思わず本音が出た。一瞬だけ、まったく気が抜けてしまったのだ。千尋にだけは悟らせてはいけないと思っていたのに。

「……それならって何？」

はっ。

「荷造りしないで何してたの⁉」

「いや、それはあの……」

「何してたか言いなさいっ！」

「あ、あの、それはね……」

結局白状させられる。

ていうか、すぐにバレることだから、隠しても仕方なかったのだが。

「あんた……いったいこの半年、何してたの？」

「ごめん、自分にも記憶ない……」

そう言うと、あきれたような鼻息がして、電話が切れた。

「千尋～！」

手伝ってもらわなきゃ困るのだ。というか、彼女に荷造りをしてもらわないと！　我ながらひどい言い分だけど！

だってどこから手をつけたらいいのか、わからない～！

ぎゃああっ、と生産性のない叫びを控えめにあげていたら、ドアがドンドン鳴り出した。

えっ、もう引っ越し屋さん来たの⁉　と思って、隠れようかと思ったが、今更どうにもならないし、ドンドンじゃなくてドカドカ言い出したので（蹴っているらしい）、仕方なくドアを開ける。

千尋の形相《ぎょうそう》は、鬼より怖かった。無言で部屋に入るなり、

「ほんとに何にもしてない！」

と叫んだ。

「よくこれであたしに今日の手伝いを頼めたよね？　頼むのなら、今日じゃダメでしょ」

頼んだ時は、自分で荷造りできると思っていたのだ。でもそれを言うと（というか今は何を言っても）怒られると思って、黙っていた。

「部屋の鍵返すのいつなの？」

「引っ越しの荷物運んですぐだから、十一時前かな……」

「ええっ⁉」

絶句とはまさにこれのこと。もうすでに充分現実逃避している寿々は、ひとごとのように思う。

「よかった……とりあえず頼んどいて」

「何を？」

「口答えしない！」

ビシィッと音がするかと思う勢いで、指さされる。今のは口答えなの？　答えじゃなくて、質問だけど……。

「屁理屈もこねない！」

う、こいつはあたしの思考が読めるのか？

「とにかく、荷物を詰めるよ！」

千尋は部屋の隅に立てかけてあるダンボールをザラザラ並べ、肩にかけたトートバッグから取り出したガムテープで箱をどんどん作っていく。

「新聞紙はあるの？」

寿々は無言で台所を指さす。一応使うつもりでとっておいたのだ。使っていないけど。

「わかった。じゃあ、あんたはこれに寝室の服と本を詰めなさい。大きいのに服、小さいのに本よ。大きいのに本を詰めたら、自分で持ち上げられなくなるからね」

そんなの、知ってるよ。

と、心の中で言っていたつもりだったのに、声に出していたらしい。

「知ってるなら、とっとと詰めておいてほしかったわよね」

仁王像のような顔で千尋は言う。

「ほらっ、文句言わずにやりなさい！」

マジックで「服」「本」と殴り書きされたダンボールを渡される。

「服なんかもう、たたまなくていいから。ぐるぐる小さく巻いて入れて。しわになるけど、それくらい我慢しなさい」

そうだよね。しょうがないよね。

まったくダメな女だなあ、とまるで他人事のように思いながら、まずは悩まず詰められる本をダンボールへ入れ始めた。

やり始めると単純な作業なので、けっこうはかどった。何だ。やり始めてみれば割とできるものだ。スターターが遅いんだよね、あたしは。それに、どれくらい前から荷造りってしたらいいのかわかんなくて、悩んじゃって――。

そんなことをブツブツ言いながら、ダンボールを取りに台所へ行くと、途中で何かを蹴飛ばしてしまう。

ん？　なんか柔らかい……。何だろ。

まあいいや、と思って、また部屋に戻り、本と服を詰める。しかし……詰めても詰めても減らない気がするのはなぜ？

またダンボールを取りに行くと、台所はずいぶん片づいていた。食器棚は空っぽ、冷蔵庫も電源が抜かれて、扉が開いていた。コンロの下のものは今まさにダンボールに詰められているところだ。

ダイニングテーブル上に出してあった五百mlのミネラルウォーターをいただく。冷えていておいしい。こんなの、あったかな？　あったかもしれない。冷蔵庫の奥に。

「あっ、食料についてももう文句言わないでよ。選別しないでドカドカ入れただけだから、あとで処分するものはして」

「わかった」

「風呂場もトイレも片づけたから。ビニールに入れてそのままダンボールに詰めただけだけど」

もう整理しているヒマはないのだから、そうするしかないのだが、自分にはその思い切りがなかったんだなあ。

「部屋は片づいたの？」

「うーん、何だか詰めても詰めても減らない気がするんだよね……」

「それはあんたが遅いせいよ！　やっぱり！　助っ人に行かせてよかったわ」

千尋にひきずられるようにして部屋に戻ると、そこで見た光景に寿々は言葉を失った。

ダンボールに何か入ってる！　ウサギの耳みたいなものが、中でヒョコヒョコ動いているではないか！

「動物が！」

しかもそのダンボールは服の奴！

あわてて駆け寄って中をのぞいて、さらに驚く。

中にいたのは、ぶたのぬいぐるみみたいなピンク色の動物だった。それが、山積みにした寿々の服を次々に丸めて、ダンボールの端っこから並べていた。見た目はまるで雑巾がけをしているような――それくらいの手早さで。

「きゃあああっ！」

寿々は悲鳴をあげた。

「あんたっ、近所迷惑っ」

「だって、変な動物がいる！」

猫が手伝ってたって、こんなに驚かない。猫の手は借りるためにあるけど、こんなバレーボールくらいのぬいぐるみは普通手は貸さないよ！　ぶたに手はないし！

「……あんた、何言ってるのかわからん」

また心の声を外に出していたらしい。

「窓から出しちゃえ」

ぬいぐるみみたいな動物をつまみ上げようとしたが、千尋に腕をがしっとつかまれる。

「この人は動物じゃないの！　いや、動物だけど、動物じゃないの！」

「どっちなの!?」

「ぶたぶたさんはぬいぐるみだけど、生きてるのよ！」

「人間!?」

「人間じゃなくて、ぬいぐるみ！」

ふーん、動物でもなく人間でもなく、ぬいぐるみなんだー――って、すぐに納得できるかっ！

「そっそのぬいぐるみが、何でこんなとこであたしの服をたたんでるの!?」

「助っ人に決まってるでしょ、引っ越しの」

「へっ？」

「あたしと一緒に台所片づけてくれたのもぶたぶたさんなんだからね。感謝しなさいよ」

殴られたような衝撃が走った。実際にそんなことあるとは思わなかったが、そうだった。

「そ、そんなファンタジーなこと、信じられるわけないでしょ⁉」

「ファンタジー？　じゃあ今朝になっても荷造りしてないあんたのことはホラーとか怪奇って言ってやるわよ」

「そんなのっ、珍しくない！」

ありえることだし、実際にこのとおり。

「そんなの自慢にならないの！」

「動くぬいぐるみは珍しすぎる！」

「でも、誰にも迷惑かけてないよ、ものすごく有能なんだから。あんたは人間のくせに何⁉」

「あのー」

振り向くと、ぶたのぬいぐるみが困った顔をしてダンボール箱の脇に立っていた。

「とりあえず、クローゼットの中のものは詰め終わりましたけど？」

「ええっ!?」

さっきまで寿々が呆然と見つめるばかりだったあのジャングルが!?

「嘘っ！」

——空っぽだった。

「……あれ、そういう機械？」

千尋に言うとデコピンをされた。

「痛い……痛い」

「千尋さんはとにかくその家主さんを動かしてください」

そう言って、台所の方へ行こうとする。あっ、なんか今、ため息つかれた気がする！

……いや、気がするだけだ。気のせい気のせい。

「はい、すみません……」

千尋が何だか神妙だ。ぬいぐるみのくせに、どんな技を持っているのだろうか。この女をこんなに従順にするとは。

「あ」

突然ぬいぐるみが立ち止まった。

「タンスは自分でやってくださいね」

何だか有無を言わさぬ口調だ。威圧感すらある。なぜ？　柔らかそうなぬいぐるみなのに……。

単に自分の情けなさのせいだけかもしれないが。

まあ、タンスは下着類とか入っているから、人にやってもらいたくはなかったんだけど。何その細やかな気配り。

おっさんの声だから、姿までおっさんだったら「セクハラ!?」と思うところだが、ぬいぐるみだから気にならないけどっ。

そういう点まで腹をすえかねた寿々は、タンスの引き出しを引きぬいて、ダンボールの上で逆さにする。我ながら豪快すぎると思いつつ、ちょっとすっとした。

「もう、何でもそのまま入れちゃえ」

ヤケクソになってきたので、そこらにあるものを何の緩衝材も入れずにぼんぼんダンボールに放り込む。もう壊れててもいいっ。壊れてたら捨てるきっかけになっていいんじゃない？

あとで後悔しそうだが、自業自得だ……。

「割れ物はやっぱり何かしといた方がいいと思いますけど。運んでる時に割れて怪我すると困りますから」

「ぎゃあああっ！」

ダンボールのふちから、黒ビーズの点目がのぞく。急に声かけないで！

「ほら、新聞紙でもいいから、適当にくるんで――」

布の手先で、ガラスの置物やスノードームなどをくるくるっと新聞紙でくるみ、セロテープで止めていく。

「何でそんなに器用なの？」

「この程度で器用と言われても……」

あっ、またため息をつかれた気がする。

「ため息つかないで！　ぬいぐるみなのに！」

「ぬいぐるみにため息つかせたくなかったら、割れ物はちゃんと紙にくるみましょうね」

「どうしてため息つくの？」

「ついてませんよ」

「嘘っ、さっきついてた！」

何だか目と目の間にシワが寄っている。

「……つきましたけどね」

「ほらー、やっぱり。何で？」

「引っ越しの二時間前にこの部屋を見れば、誰でもそうなると思いますけど」

あたしはため息どころか思考停止になったけどね。

と言うと激怒（しそうにないけど）させてしまいそうなので、黙っていた。

「どうして引っ越しらくらくパックにしなかったんですか？」

「お金が……」

「時間指定にしなければよかったんだよ。そしたら、来るのが午後とかになるから、もう少し猶予があったのに。それか、その分のお金をらくらくパックに回すとかさあ」

千尋がそう言いながら部屋に入ってきた。

「どっちにするか迷ったんだよね」

「それで、あんたは自分で荷造りする方を選んで、負けたわけね」

「負けたとか言わないでよ。別に勝負なんかしてないもん」

「あたしがあんただったら、絶対らくらくパックの方にしたのに」

「頼んだ時は荷造りくらいできると思ってたのよ」

「ここに引っ越してきた時はどうしたの？」

「実家からだったから、そんなに荷物もなかったんだよね……」

純然たる引っ越しは、今回が初めてと言える。

「千尋さん」

「はいっ」

「水回りの荷造りは終わりましたよ」

いつの間にかいなくなっていたぬいぐるみが、とても冷静な声で言う。その言い方
――何だか鬼姑《しゅうとめ》みたいだわ。

「あんたも口より手を動かすのよっ。あとはこの部屋だけなんだから。あたしたちは台所とかを掃除してるから」

掃除！　そうだ、部屋は掃除して渡さないといけないのだ。ど、どの程度掃除しなければいけないの？　ピカピカにしないとダメ？

「寿々さん⁉」

頭をポンポン何かではたかれている。感触が柔らかくて気持ちいい。

「どうしたの⁉」

はっと顔を上げると、ビーズの点目のアップが。いつの間にか座り込んでいた。ぬいぐるみがローテーブルの上に乗って、寿々の頭を叩いていた。

「ああ、掃除のことを考えていて、トリップしてました……」

ぬいぐるみの目が――ビーズの目のくせに、どうして見開くのか。

やっぱりファンタジーじゃないか。そうじゃなかったら、こっちの方こそホラーだ。

「うーん……」

ぬいぐるみは腕組みをしてうなる。

「どうしたの？」

「いや、何だかびっくりして」

びっくり⁉　このぬいぐるみにびっくりされるあたしって何⁉

これはもしかして、人間としていけないことかもしれない……。

そう思った寿々はすっくと立ち上がる。

「ど、どうしたの？」

「掃除します！」

「……いや、まだ部屋の荷造り終わってないよ」

そうだった。

「ではそのあとに掃除します！」

「う、うん、わかりました」

へへ、また驚かしてやったぜ！

……って、それじゃダメじゃん！


どうにかこうにか荷造りは終わった。

ダンボール箱と大きな家具とゴミ袋しか置いていない部屋を見て、これが今朝自分が絶望したのと同じ部屋か、と思った。

千尋と二人では、とてもこうは行かない。他に友だちがいたとしても多分無理だ。

ほとんどはこのぬいぐるみがやったこと。千尋はもしかしたら手を動かしているより、寿々と口論をしていた方が長かったかもしれない。

「寿々、あとは？」

「あ、えっと、引っ越し屋さんが来る頃に不動産屋さんが来て、鍵を渡すだけ——」

「じゃあ、あたし、ゴミを下に捨ててくるね」

千尋が大量のゴミ袋を抱えて部屋を出ていった。じっとそれを見送っていた寿々だったが、気づくとぬいぐるみが床に掃除機をかけていた。

……かけてるというか、パイプを縦に持って懸命に移動させている、というところか。

「あっ、あたしやります！」

これはやはり大きな人間がやるべきことだろう。

ガーガー掃除機をかけている自分の後ろで、今度は雑巾がけを始めた。

「ああっ、それもあたしが！」

「何言ってるんですか、二ついっぺんにはできないでしょ」

「足でとか」

……また驚かせてしまったようだった。

掃除が終わっていないうちに引っ越し屋さんがやってきた。元気とガタイのいい男の人たちがどんどん荷物を運び出す。何だかもう、めまぐるしいし、早く掃除を終わらせないといけないので気にしていなかったが、引っ越し屋さんたち、ぬいぐるみに気がついていない!?

よく見たら、たくさんの足に蹴飛ばされないようになのか、すみっこの方でじっとしている。そうしていると本当のぬいぐるみみたい。

――いや、ぬいぐるみなんだけどね。

そういえば、荷造りしていた時に、何か柔らかいものを蹴ったと思ったのだが、あれは彼だったのか……。

どうしよう、謝ろうかな、と思ったが、人手が一つ足りなくなるだけで寿々と千尋の戦力は一気に落ちてしまう。千尋はテキパキしていて怖いけど、家事はいまいち怪しい方なのだ。

その時、玄関の方から声が。

「おはようございます～」

こんな時に誰っ!?　と思ったら、不動産屋さんだった。忘れていた。

「あっ、まだ掃除終わってないんですけどっ」

「あ、それはもちろん大丈夫ですよ。もう終わりそうですもんね。お部屋のチェックを先にしとくために来たんですよー」

人の良さそうな中年女性の不動産屋さんは、部屋に入って壁や床を熱心に見て回っている。

「あれ、何？」

ぼんやりとそう独り言を言うと、

「部屋についた傷とか汚れをチェックしてるんですよ。あなたがいた間についたものなら、敷金から修理費が引かれます」

「そうなの⁉」

敷金ってそういうものなのか……。

「でも、きれいに使ってるみたいだから、多分全部戻ってくると思いますよ」

「ほんと？」

「敷金は必要経費以外、戻ってくるはずです。普通なら」

「なんか得した気分……」

寿々はつまり、床に座っているぬいぐるみと会話をしていたのだが、独り言を大声で言っていると思われたのか、引っ越し屋さんが変な顔でこっちを見ていた。

はっ、掃除をしなきゃ、と気づき、しばらくサッシの溝を拭いていたが、突然思い出した。

「謝らなくちゃ！　あのね――」

と話しかけてもぬいぐるみはいなかった。

「あれっ？」

どこに行ったんだろう。帰っちゃったのかな。

「千尋、ぬいぐるみがいない」

「何その言い方。ぶたぶたさんって呼びなさい。無理言って来てもらったのに」

「そうなの？　でも、いないんだけど――」

「え、どうして？」

二人で部屋を探したが、どこにもいない。

「おかしいなー。黙って帰るような人じゃないのに」

「無理言って来てもらったんなら、忙しいから帰ったんじゃない？」

「それでもメールくらいはくれるはずなんだけど……」

メール、打てるんだ……。あの柔らかそうな手で。手？

「寿々？　寿々⁉」

いかんいかん、またトリップしていた。

「とにかく不動産屋さんも来ちゃったし、掃除ももう少しだから、二人でがんばろう」

「う、うん」

なぜか急に不安になったけれども。


その後、何とか掃除も終わり、荷物の搬出もすんだ。不動産屋さんのチェックは、ぶたぶたの言うとおり、何もなし。敷金はあとで銀行に振りこんでくれるという。

引っ越し屋さんのトラックを見送ったあとに鍵を返した。閉める前にもう一度部屋を見回ったが、ぶたぶたはいなかった。

「いないねえ」

「やっぱり連絡する余裕もないくらい忙しかったのかなあ」

千尋はそう言って気を揉む。寿々も、蹴飛ばしたことを謝っていない。

とはいえ、もうここにはいられないのだ。

「とにかく、新居に行かなきゃ」

二人でタクシーを拾って、引っ越し先のマンションへ急ぐ。ちょうどトラックも着いたところだった。

そのあともまためまぐるしく――荷物の搬入が終わって、お金を払ったあとにようやく朝も昼も食べていないことに気づいた。お腹が減って、動けないくらいだった。

引っ越し屋さんが帰ってから、

「おそば〜、千尋〜、おそばだよ、引っ越し初日は」

と力なく叫んでみるが、

「鍋も出てないのにどう作れって言うのよ」

千尋はそっけない。

ダンボールだらけの部屋に、またげんなりする。今度はこれを然るべきところにしまわないといけないのだ。引っ越しってこんなに大変なのか、もう二度としたくない……。

とりあえず近所のコンビニの場所を思い出し、カップ麺のそばを買い、何となく引っ越しそばの気分だけは味わい――そのあと、午後はひたすら片づけ続けた。

だが、もう最低限のもの（箱にマジックで「最低限のもの」と書いてくれたのだ。多分あの人が）を出したら、二人とも力尽きてしまう。

近所のファミレスでやっと夕食をとって、千尋は帰っていった。新居に帰った寿々はフラフラになりながらも風呂に入り、ベッドへ倒れ込んだ。引っ越し屋さんが組み立ててくれて、助かった〜。親切で良心的で、当たりだったな……。

あー、それにしてもぶたぶた（千尋に聞かれたら「さん付けしろ」と言われるだろうが）――どうして黙って帰っちゃったんだろう。自分に挨拶なしなのは仕方ないにしても、千尋にくらい――でも、ちゃんとおわびもお礼も言ってないな、あたし……どうしよう……。

そんなことを考えながらうとうとしていたのだが、どこからか聞こえてきた妙な音に目を覚ます。カサカサと何かをさすっているような不規則な音。

「何……？」

動物っ？　まさかネズミ!?

でも眠い……。このまま寝ちゃおうか……。

いやいや、ネズミはヤバいだろう。いくらもう引っ越したくないと思ったって、ネズミと同居は勘弁だ。

眠気に負けそうになりながら、恐る恐る音の元を探してみると――それは自分の持ってきたダンボール箱だった。何が入っているかわからない。「寝室」としか書いてないから、服か本か小物か。

自分でネズミを連れてきてしまったのか、と青くなる。しかも、突然、箱が動き出した。中から叩かれているみたいにふたが揺れてるっ。

「ぎゃあああっ」

いかん、引っ越してきたばっかりだった。まだ挨拶にも行っていないのに。口を押さえながら、ダンボール箱のガムテープをはずして、おそるおそるのぞくと――。

中にはへしゃげたぶたぶたが、ぎゅうぎゅうの小物の間に挟まっていた。

「どうして⁉」

あわてて引っ張り出す。

「引っ越し屋さんが詰めちゃって……」

何と緩衝材代わりにされていたのか⁉

「すごい気の利く引っ越し屋さんだったからねえ」

寿々の情けなさを見かねたのか、いろいろサービスしてくれたのだ。

「声も出したけど、騒音にかき消されたみたいで、気づいてもらえなくて」

「だったら、ここに着いた時に言ってくれればよかったのに」

声は聞こえただろうから、千尋と二人になったのはわかっただろう。

「いや、実はずっと寝てて」

「ええっ？」

あんなポーズで⁉

「夜勤明けだったから、つい」

夜勤明け――無理言って来てもらったというのは、そういうことか。それにしても夜勤って、このぬいぐるみはいったい何者？

「さっき起きた時はどこだかわからなくて、一瞬パニックに陥りました」

点目でパニックと言われても。

そのあと、ぶたぶたの荷物を探すために徹夜することになるとは、寿々はまだ知らない。

恐怖の先には

怖いものというのは、あまりない方だ。

おばけ屋敷などでも騒がないし、ホラー映画も怖いと思ったことがない。家族や友だちが「怖い怖い」と言っているのを生温かく見ているだけの存在。それが政智《まさとも》だ。

現実にも怖い思いをしたという記憶がほとんどない。多少驚いたりはするが、高いところも平気だし、いわゆる恐怖症というものにも縁がない。きもだめしに参加してしらけさせる存在。それも自分。

特に困ったことはない。だから別にかまわないと言えばそうなのだが、何となく損しているような気分になったりならなかったり。贅沢《ぜいたく》なことなのかもしれないが。

そんなことを思い出したのは、仕事帰りに立ち寄ったビジネスホテルの喫茶室で、何気なく学生時代のことを話していた時だ。

「あー、お前を怖がらせるためにはどうしたらいいのかなー」

大学時代の同級生で、偶然会社の同期にもなった夏目《なつめ》が、愚痴《ぐち》のようにそんなことを言う。

「別に俺が怖がることでお前が得することもないだろうに」

「ないけど、なんかくやしいじゃん」

その論理は何だ？

大学時代、きもだめしのおばけ役をやって以来、ずっと夏目はこう言い続けている。某有名おばけ屋敷のバイトの中でもトップクラスのおばけ役だったらしい。

「けっこうこっちに挑んでくる客もいるわけだよ。それにことごとく勝ったんだからな、俺は」

「勝ったって——そんなの、誰にもわかんないだろ。それに、驚いただけじゃ怖がったかわからないぞ」

「それはそうなんだけどさあ」

そんなことをだらだらと話していたら、雲行きが怪しくなってきた。仕事はすでに終わっているし、直帰《ちょっき》なので急いで帰る必要はないのだが——。

「うわ、雲すげー真っ黒」

「雷だな」

雨がやむまではゆっくりした方がよさそうだ。

このホテルは高台にあり、喫茶室の外は駐車場だ。ひらけているので、空が見渡せる。雲がものすごい勢いで流れていくのもよくわかるし、光るものも見えた。

「稲妻だ」

ピシッと空気を震わせて、空に一本、見事なジグザグの線が走った。

「わーっ、こえーっ」

夏目が声を上げる。

「雷、怖いの？」

「いやいや、子供じゃないからね、きゃーって怖がるような奴じゃないよ。なんて言うの……？　ええと……畏怖？　怖いっていうより恐れ？」

なるほど。そういう感覚なら、少しわかるような気がする。自然の力は大きすぎてかなわないと思う気持ちならば。

雨が降ってきた。というより、まさにバケツをひっくり返したとはこのことだと感じた。外にいたら、一瞬でずぶ濡れだろう。

外は夜のように真っ暗になっている。まさに映画やマンガのような夕立だった。黒くうごめく雲の中に、幾度も稲妻が走る。

「うわ、きれい」

夏目が口走る。怖いと言ったりきれいと言ったり忙しい奴だが、今回は素直に、

「そうだな」

と相槌《あいづち》が出た。空を走る稲妻には、まるでCGのような完璧さがあった。思わず見とれる美しさだ。

こちらが明るいこともあるので、駐車場は闇の中に沈んでいるように見えた。稲光が走ると、その瞬間だけ激しく雨の当たる地面が映し出される。川というより、池のようになっていた。

「うわー、ホラー映画みたいだな」

夏目がのんきなことを言う。

「そうかなあ」

「お前、ホラー映画なんか見ないだろ？　こういう劇的な稲光の中には何かがいるって決まってんの」

「映画ならな」

「あー、すごいお膳立て。俺が監督だったら、喜んで撮ってるねー」

妙にハイテンションだが、そういえば最近テレビで、「低気圧が近づくとアドレナリンが増えて、自律神経でうまく抑えられない子供は興奮状態になる」と聞いた憶えがある。夏目ならありえる。

「ところで、何で駐車場の電気、ついてないの？」

「昼間だからだろ？」

「あ、そうか。夜みたいだけど、まだほんとなら明るいんだよな」

しかし暗くなるにしても、こんな夜のようになるのは珍しい。よほど厚い雲なのだろうか。雲だけでなく、雨のせいもあるのだろう。まるで厚いカーテンのように降り続いていた。

パッ、パッと短い間隔の稲光があたりを白く照らす。その一瞬、それが見えた。

何？

政智は少し身を乗り出す。車がまばらにしか停まっていない駐車場の真ん中に、何か――ある。

「うおっ、すげー稲妻！　きれいだなー」

夏目は空ばかり見ていて、気づかなかったらしい。

稲光は、何度も執拗《しつよう》に光る。光の中に浮かび上がるその物体は、じっと止まっているように見えた。大きさは比較するものがないのでよくわからないが、とても小さく感じる。

しかし、一番気になるのは、二本足で立っているように見えたことだ。駐車場の真ん中で、仁王立ち——とはいえ、それは人間には見えなかった。だから、「物体」と言ったのだ。

稲光の中でしか見えないので、いったいそれが何で、どうしてそこにいるのかもわからなかった。人間ではないということだけしかわからない。あんなに小さな人間はいない。もちろん、子供でもない。

赤ん坊が立っているのなら、ありえるが。

そう考えて、政智は鼻で笑った。そんなバカな。

「あっ、お前今笑ったな」

気づかないと思ったが、夏目は案外聡《さと》い。

「笑ったけど、お前に対してじゃないよ」

「そうか？　はしゃいでるから笑われたと思った」

ちゃんと自覚しているんだ。

「俺、不謹慎かもしれないけど、雷っていうか稲妻が大好きで。すごくきれいだろ？　あんまりきれいだと怖いとも思うんだけど、ついテンション上がっちゃって。台風とかもそうだったから、子供の頃はよくおふくろに怒られたよ」

あまりそういうことのなかった政智は、夏目の無邪気さが少しうらやましかった。

「違うよ」

「じゃあ、何？」

「いや、駐車場に何かいたような気がして——」

夏目に指し示したが、そこにはもう何もなかった。稲光のたびに、何もない地面とまばらな車を映し出す。

「何かって、動物？」

「いや、よくわからない……」

雷はなかなかしつこく、光と音の間隔からするとようやく近づいてきたところだろうか。雨はますます激しくなっている。思ったよりも長い雨宿りになってしまうかもしれない。

「うおっ、またすげー稲妻！」

興奮気味に空を見上げる夏目を尻目に、政智の視線はやはり駐車場へ向かった。

すると、またあの物体が現れた。夏目を呼ぼうと思ったが、さっきと動きが違う。つい目を奪われる。

その物体は、稲光の瞬く間に少しずつ移動していた。目をこらしてよく観察すると、やはり足を使って歩く――というか走っているようにしか見えない。少しぎこちないその動きは、まさに「ちょこまか」という言葉が似合う。

何だか胸がぞわぞわしてきた。何だ、この気分は。

ちょこまかしつつ、物体はこちらへ移動してきていた。

どうしてこっちに来るのだろう。

なじみのないぞわぞわする気持ちがいっそうふくらんだ気がして、無意識に胸を押さえた。

「どうした？　気分悪い？」

「いや……別に何でもない」

「実はお前、雷が怖かったりして〜。怖い物なしとか言う奴でも、何か一つはあるもんなんじゃないの？」

「いや、雷は平気だけど――」

そう言いながら駐車場を見ると、またあの物体は姿を消していた。

「う……」

言葉が続けられない。

あれがなくなったからといって、特に問題はないはずなのに、なぜか心拍が上がってきた。多少だが。

夏目は政智の絶句にも気づかず、空から目を離さないまま、話を続ける。

「世の中には変なもの怖がる人もいてさー、俺の知り合いに『巨像恐怖症』っていう人がいるんだよ。ありえないほどでかいものが怖いんだけど、文字っていうか、新聞の見出しが太くても怖いんだって。変だよなー」

「大きいものはそれだけで威圧感があるからな……」

その点、あの物体はとても小さい。威圧感など微塵《みじん》もない。

そのはずなのに――。

「うー、また雨がひどくなってきた」

夏目の感情の起伏は激しい。さっきまでニコニコしていたと思うと、今度は嘆く。彼ならば、この不可解な感情もわかるのでは、と思うが、どうも口にする気になれない。

それに、またあの物体が駐車場をウロウロしている。どちらかというと、これを夏目に見せるべきではないか？

「おい……」

「何？」

「駐車場に何かいる」

「何かって何？」

そう言いながら、彼は駐車場に目を向けた。だが、あの物体はまた消えていた。

「何もないよ」

狙ったようにいなくなるとは！　何だか怒りがこみあげてきた。

「動いてたんだ」

「どんなふうに？」

「なんかこう……ちょこまかしてた」

口に出すと違うように思えて、もどかしい。

「じゃあ、動物じゃない？　ここら辺、タヌキとかがいるって聞いたことがあるけど」

「そんな感じじゃなかったよ」

「大きい？　猪かも」

「違う。そんなに大きくない」

「じゃあ、多分タヌキだよ。小さいのなら、子供なのかも」

あっさりとそう言える夏目がうらやましいが、それは見ていないからだ、きっと。

駐車場には、またそれが現れる。いったいさっきから何をしているんだろう。

「ほら、今見えた」

政智は指で指し示したが、一瞬闇に沈んだうちにそれは消えてなくなった。

「うーん、気のせいじゃない？」

何だか納得いかない。確かに見えているのに。

「犬かもね」

「野良犬なんて最近いないだろう？」

それに、二本足で立っていたのだ。短い二本足で少しずつ移動している様が、連続写真のように甦る。しかも、思ったよりもずっと素早い。

人間でも動物でもないのだ。でも……まさか……。

もしかしたら、見えているのは自分だけかもしれない。

胸のざわざわした気分が、さらに大きくなった。

「うわっ」

目をそらしてしまうほどの稲光が輝く。パチパチと音がした。さっきまでとは比べ物にならない稲妻が空を走る。

「落ちた⁉」

耳をつんざくような音と、地響きが伝わる。天を仰ぐように、その物体は顔らしきものを上げた。

政智は、思わず目を伏せる。

白い残像がまぶしく残り、目を開けた時には物体は消えていた。

「ちょっと雨が弱くなってきたな」

夏目の言うとおり、少しずつ空も明るくなってきた。もう夜のような暗さはなく、雷も遠ざかりつつあるようだ。

政智は大きくため息をついた。その時まで、自分が息を止めていることに気づいていなかった。手もきつく握りしめ、掌に爪のあとがついていた。

そして、身体が小刻みに震えていた。

もしかして……これが恐怖というものなのか？

恐怖というのは、こんなに静かに知らない間に入り込んでくるものなのだろうか。もっと悲鳴を上げたり、逃げ出そうとしてあがいたり——そんな騒がしいものではなかったのか？

でも、これが恐怖でなければ何なんだろう。政智は、この未知の感情に名前をつけたかった。一番近いのは「恐怖」だとしか思えない。

何か誤解している可能性もあるが。

明るくなってきたことで、張り詰めた気分がいくらかゆるんだようだった。空があんな異様に暗くなったのも原因なんだろう。不安はどうしても感じてしまうではないか。行き過ぎた不安ということもありえるけれど、これも恐怖ととても似ている気がする。

……違うのかな？

「コーヒー、追加注文しようかな」

あまり飲まないうちにすっかり冷めてしまったので、今度は冷たいアイスコーヒーでも飲みたい。

「そうするか。雨はまだやみそうにないし」

夏目も同意したので、ウエイトレスを呼んで飲み物を追加する。

新しい飲み物を飲んで、ようやく少し落ち着いた、と思っていると、

「いやー、見つからないよ、鍵」

店の入口の方から、中年男性らしき声がする。

「えー、どうするんですかー?」

さっき注文を取ったウエイトレスらしき声もする。

「うーん、困ったなあ。ここで落としたとばかり思ったんだけど」

「雨がやんでから探した方がよかったんじゃありません?」

「でもねえ、ちょっと急いでるんだよね……」

落胆したような声に、同情を覚える。どこのだかわからないが、鍵をなくすのはなかなかショックだ。家と車は最悪だ。

「ひどい雨でも、鍵なら流れないと思って探したんだけどなあ」

「明るくなってきたから、もう一度見た方がいいんじゃありませんか？　あたしも行きましょうか？」

「ダメだよ、まだ仕事あるでしょ。でもありがとう。そうだね。もう一回探してみるよ」

姿は見えないが、入口のすぐ外で話しているらしい。

夏目は何やらケータイのメールを夢中で打っていた。

雨はまだやまない。とはいえ、この降りなら折り畳みの傘でも充分だろう。

「これ飲み終わったら、帰るか」

「そうだな」

夏目はケータイを閉じて、雨を見るように窓の方へ向いた。

「おいっ！」

アイスコーヒーにミルクを足していた政智は、顔を上げた。

「あれ見ろ！」

言われて、明るくなった駐車場の方を、何気なく見た。

さっきの物体が、ちょこまかと走り回っている。

政智は、持っていたミルクの容器を落とした。

「何だあれ！」

夏目の悲鳴のような声。

やはり人間ではなかった。あれは……あれは黄色いレインコートを着た——ぬいぐるみにしか見えないではないか。

「ぶたのぬいぐるみだ……！」

夏目はしっかり見ていたが、政智は何だか視野が狭くなっていくような感覚に襲われる。いけない、気をしっかり持たなければ。

「おい、見たか。あれ、あれ——」

彼の上ずった声に、何も言えずにうなずく。やはり怖いはずだ。みんな絶対怖いはず。自分が生まれて初めて恐怖を自覚したものなのだから——。

「かわいいなあ！」

……かわいい？　——かわいいだと？

「何あれー、ちゃんとレインコート着てー」

呆然としている政智をよそに、夏目はまるで女の子のようにきゃあきゃあ言っている。

「何してるのかな。何か探してるみたいに見えるよな」

なー、と同意を求められても、うなずけない。

ぬいぐるみは、確かに駐車場のあちこちを歩きまわり、地面を隈なく見回っているようだった。

「あ、車の下のぞいた」

怖い、という気持ちもあるのだが、夏目の実況につい目を向けてしまう。

「うわー、下に入っちゃったよ。びしょ濡れになるだろう？」

水たまりの中を這《は》うようなものなのに、いったいあれは何をしたいのだろう。

「あっ、出てきた！」

何だか重たそうな身体になっているような。ポタポタと水の垂れる様子は、何とも哀れだった。

「いやー、こういうパノラマな空間だと、まるで映画を見ているような気分になるよね」

夏目の言葉にはっとする。彼にとって、あの光景は現実味がないのだろうか。

「現実とは思えないってことか？」

「うーん、まあ、そうかもしれない。だって……かわいいし面白いけど……ガラスを隔《へだ》ててるわけだし――って、あれ!?」

二人で話している間に、ぬいぐるみが消えてしまっていた。

胸がぞわぞわしてくる。

「どこ行ったんだろう」

さっきと同じだ。出てきたと思ったら消える。ちょこまかと動き回り、どこに現れるか見当がつかない。

夏目は、目を凝らして探しているようだったが、突然、

「わー！」

と大声をあげた。その声に、政智はびくっと飛び上がる。

「そこにいる！」

指さした先は、窓のすぐそばの植え込みだった。黄色い身体が、草むらを這うように動き回っている。フードが取れて、へしゃげたピンク色の大きな耳が見えた。

ふとぬいぐるみがこっちに顔を向けた。突き出た鼻と黒ビーズの点目も見える。

再び自分が手をきつく握りしめていることに気づく。爪が食い込んでいるが、緩めることができない。そして、不思議と痛みは感じない。

じっと見つめる点目に吸い込まれてしまいそう――いったい何をされるのか、と恐れるばかりの政智に対して、ぬいぐるみは意外なことをした。

ペコリと頭を下げたのだ。もちろん、夏目に対しても。

夏目はつられたのか、同じように会釈をした。こっちは動くこともできないっていうのに。

そしてまた、ぬいぐるみは草むらに這いつくばった。

「お、何だか礼儀正しいぬいぐるみ」

楽しそうに夏目は言うが、同意するとかしないとかの問題ではなく――。

しかし、その数秒後、

「あっ！」

ガラスの向こうから、かすかな声が聞こえた。気のせいでなければ、男性のような……。

立ち上がったぬいぐるみの手――濃いピンク色の先っちょには、一本の鍵が握られて……包まれていた。

ぬいぐるみの顔には、あからさまな喜びの色が。

そして、草むらから飛び出るようにして、どこかへ走っていってしまった。足……遅い。

「——いやあ、いいもん見た」

しばらくして、夏目が感心したように言う。

「今のは……何なんだ」

「何だろうなあ。でも、面白いね」

夏目は本当に楽しそうだ。

「……平気なのか？」

「平気？　平気ってどういう意味？　ああ、びっくりはしたけどねえ。びっくりしない人はいないだろ？　お前だって、そうだったじゃん」

ギクリとして、冷や汗が出てくる。内心を知られたかと思うが、

「ああ、びっくりしたなあ」

「お前、あんまり驚かない方だし。でもさすがにあれはなー」

「そうだな」

動揺を隠して、アイスコーヒーをずずーっと飲み干す。喉がカラカラだった。

「あ、メールだ」

夏目のケータイがぶるっと震える。

「そろそろ帰ろうか」

「このメールに返事したら。ちょっと待って」

また熱心にメールを打ち始める。彼女だろうか……。

「あー、よかった。鍵見つかったよ」

入口の方から声が聞こえる。さっきのと同じだ。

「よかったですねー、ぶたぶたさん！」

ぶたぶたさん。

はっとなって夏目を見ても、メールに集中していて気づいていない。

「何であんな端っこにあったのかなあ。やっぱり流されちゃったのかな」

「だってすごい雨でしたもん。川みたいになってましたよ」

「そうか。でも見つかってよかったよ。タオルもどうもありがとう」

「あ、もう一枚タオル持っていってください。車が濡れると困るでしょう？」

「あー、ごめんね。ありがとう」

「返さなくてもいいですよ。古いものだから」

「うん、わかった。じゃあ、またね」

「はい。ありがとうございました！」

声だけを聞いていると、中年男性のお客とウエイトレスの会話なのだが——しばらくしてホテルの駐車場に現れたのは、先ほどのぬいぐるみだった。

タオルで身体をぐるぐる巻きにして、耳と点目だけを出した状態だ。ぬいぐるみはそのまま車の一台に乗り込んだ。どう見ても無人の車に。ちゃんとドアを開けて、ドアを閉めて。鍵——ってあの握りしめていた鍵は車のではなかったようだが……リモコン使ったのか？　リモコン……？

そして、無人の（ように見える）まま車は動き出し、走り去っていった。

「お待たせ。帰ろうか」

夏目がケータイを閉じて、ご機嫌な声で言う。

「どうした？」

「いや……夏目」

「何？」

「恐怖の先には、『無心』があると思わないか？」

「……ほんとどうした⁉」

噂《うわさ》の人

土曜日の早朝にかかってきた電話で、圭《けい》は叩き起された。

「あんたっ、今日ヒマ⁉」

誰の声かと思えば、姉だった。ものすごい鼻声で、一瞬誰だかわからなかった。

「あはは、おもしれー。『イパネマの娘』って言ってみて」

「印旛沼《いんばぬま》の娘」（『イパネマの娘』と言ったつもり）

鼻声の人にはまずは必ずこれを言わせて、ひとしきりゲラゲラ笑ってからじゃないと本題に入らない。

「あんたってほんとにひどい男ね。弟ながら、いやになるわ」

文句を言いつつ素直に答える姉はほんとにいい女だ。

「それで用事は何？」

「ヒマかって訊いてんのよっ」

「まあ、内容にもよる」

小声で「ひどっ」と言っているが、聞こえないふりをする。

「授業参観に出てくれない？」

「芹菜《せりな》の？」

「そう」

「義兄《にい》さん、どうしたの？」

「出張で中国よ」

「姉さんは？」

「この声よ！　風邪ひいたのよっ。熱もあるの！」

それにしてはずいぶん元気な気もするが、それは言わないでおこう。

「ほんとは夫婦で行くはずだったんだけど、飛行機が遅れて、旦那が帰ってこられないの。その上にあたしまでこんなになって……せっかくの授業参観なのに芹菜を一人にするなんて、できるわけないでしょ？」

「じいちゃんとばあちゃんは？」

「芹菜がいやがるのよ。いろいろダメ出しされるから」

うちの親は甘い祖父母じゃないのか。ちなみに義兄の実家は遠い。

「それで俺？」

「そうよ。このままだとあんたには一生縁のないことだと思ってね」

そう言われるとちょっと納得いかないが。確かに芹菜くらいの歳の子供がいる同級生も増えているけれど、圭のようにまだ独身の奴も多い。

でも、まあいい。

「行くよ。別に予定ないし」

たまには姪っ子の勇姿を見に行くか。

「ほんと？　予定ないなんて珍しい。彼女にふられたの？」

「失礼な。友好に関係を解消したと言ってほしいね」

「あんた……いつか背中から刺されるわよ」

ゲフゲフと派手な咳をひとしきりしたあと、ぜいぜいとした声で姉が言うと、とても怖いのだが。

　小学校というか、学校に来るのは何年ぶりだろうか。選挙の投票所になっている場合なんて来たうちには入らないだろうし。

校庭が土じゃない。何ていうんだっけ、こういうの。競技場とかと同じの——ウォークトップ？

うーん、よく校庭掘ったりして怒られたのがなつかしい。

「おじちゃん！」

かわいらしい声の方に顔を向けると、一階の教室の窓から、姪の芹菜が手を振っていた。

自慢ではないが、芹菜はかわいい。さすが俺の姪。小学一年生なのに、立派な美少女だ。

「おはよう、芹菜。相変わらずかわいいな」

「来てくれてありがとう、おじちゃん。かっこいいって女の子みんな言ってるよ！」

芹菜も自慢げだ。少し離れた窓から、女の子たちが興味しんしんの顔を出している。

たとえ相手が子供でも悪い気はしない。姉はいやな顔をしそうだが。

「今日は何の授業なの？」

「国語。作文を読むの」

おお、なんかドラマみたいだ。定番中の定番。なのか？

「どんな作文？」

「何でもいいの。誰かについて書いたものなら」

自由度の高い課題だ。まあ、親が来られないとか、事情のある子供もいるだろうし。

「でも、おじちゃんのことは書いてないの」

つれないことを言うが、それは仕方ない。代役だしな。

「予約したら、今度俺のこと書いてくれる？」

「また来てくれるの？　書く書く！」

芹菜の喜びように圭は相好《そうごう》を崩す。自分についての作文を読まれるなんて恥ずかしい気もするけれど、何だかうれしい。

「担任の先生は女の人？」と訊きたくなるが、これはちょっとあからさますぎるので、ぐっと我慢する。

父兄がどんどん集まり始めて、昇降口はちょっとした行列ができている。そろそろ行った方がいいか。

「じゃ……上がらせてもらうから」

どう言ったらいいのかわからないまま口に出したら、何だか時代劇みたいになった。

昇降口でスリッパに履き替える。学校でスリッパを履くと、ものすごくアウェイ感を覚えるのは俺だけか？

それにしても、何だか人が多い。着飾っている人は何となくわかるけれど、男性もけっこういる。授業参観ってこんな感じだったっけ？　自分にとってははるか昔のことなので、まったく忘れている。

それから、教室というか、設備がいちいち小さく感じる。小学校ってこんなに狭かったっけ？　いや、もちろん自分が大きくなったというのはわかっているのだが、不思議なところに迷い込んだ感は否《いな》めない。

とにかく自分が場違いであることは確かだった。かっこうこそはちゃんとしたスーツ姿だが、何というか……まとう空気が違う。明らかに「親じゃない」のだ。そのとおりなので仕方ないのだが、それだけじゃなくて、歳相応の落ち着きというか——自分で言っていて「何だかなあ」みたいな気分になるが、まあそういうことだ。

姉の主張を認めたようで、なんかくやしいから絶対に言わない、と決心して教室に入る。

後方のスペースはまだだいぶ空いていた。両親そろって来るというのは珍しくないのだろうか。姉夫婦は前回（姪っ子初の授業参観）そうだったらしいけど。

そういう親ばかりだとしても、まさかぎゅうぎゅうにはならないだろう。生徒の人数自体が少ないこともあるが。

隅っこの方に遠慮がちに立っていると、何だか若いお母さん方がヒソヒソ話をしているのが目につく。こっちをチラチラ見ているように思えるのだが、気のせいか？

芹菜が机の上に教科書や筆箱を並べて、「どうだ⁉」という顔でこっちを見る。それには小さく手を振ってやったが、あのお母さん方は何なんだろうか。

しかも彼女たちがまたきれいというかかわいいというか——これまた姉に知られたら殺されかねないことを考えてしまうけれども。

席に座っている子供たちは、チラチラと落ち着かなくこちらを振り返る。様子を見ていると、父兄が来ている子と来ていない子の差がよくわかる。まあ、ぶっちゃけ笑ってるか不安そうかって、それくらいしか違いはないのだが。

お母さんたちに話しかけるのも何だなー、と思っていたら、

「どのお子さんのお父さま？」

いつの間にか隣にいた上品そうな老婦人に話しかけられた。

「ああ、父親じゃなくて叔父なんですけど——」

芹菜を指さすと、

「芹菜ちゃんね。うちの孫のお友だち」

隣の席の子は彼女の孫娘だと言う。ひらひらで高そうな服を着ている。芹菜も何気なく着ているが、パーカーとか一応ブランド物ではないか。みんなおしゃれしているなあ。男の子はわからないけど。

ご婦人はうふふと妙にうれしそうに笑って言った。

「今日は噂を聞いていらしたの？」

噂？　何の噂？　姉はそんな話をしていただろうか。とても長話ができるような声ではなかったけれども。

「あの……僕は代理なんです。母親が風邪をひいたもんで」

「あらっ。そうなの。てっきり先生を見にいらしたんだと思ったわ」

先生？　担任のことかな。やっぱり美人なんだろうか。それとも、ご婦人が見に来るくらいだから、イケメンなのか？

「先生なんですか？」

突然、話に割り込んできたお父さんらしき自分と同世代ぽい男性。何やら驚いたような顔をしている。

「先生じゃありませんでしたっけ？」

「ご父兄だって聞きましたけど。お母さんでしたっけ？」

「いえ、お父さんですよ」

また別の若い女性が混じってきた。

「わたし、会ったことありますもん」

「あっ、そうなんですか⁉」

何やら盛り上がっているが、圭にはさっぱり内容が理解できない。結局先生は男なの？　女なの？

……男だった。チャイムとともに入ってきたのは、二十代後半とおぼしき見るからに体育会系（ジャケット姿だが）の先生。

いや、別にがっかりはしないけど。

「おはようございます！」

先生のよく通る声が響き渡ったあと、小一たちの咆哮《ほうこう》のようなはりきったお返事が。

元気すぎる……。昨日、深酒してなくてよかった。

出席を取るのもまたひと騒ぎで——よくあの先生は、子供たちが何を言っているのか正確に把握できるものだ。

しかも若いのに、そわそわする小学一年生の興味や注意を巧みにひきつける技はなかなかのものだった。ただでさえ普段と違う空気でハイテンションになっている子供をじっと座らせておくことが自分にできるだろうか。いや、できない。

うんうんと勝手に納得していると、教室が妙にざわつき始めた。子供もだが、大人もそわそわし出している。さっき、圭の方を向いて内緒話をしていたお母さんたちが、何だか目を輝かしているではないか。

もしかして、父兄に芸能人がいるとか？　これはありえる。

「はいー、前向いて！」

パンパンッと先生が大きな手をはたく。実にいい音が出て、目が覚めるようだが、それで子供たちがいっせいに後ろを見ているのに気づく。子供だけでなく、父兄たちも同じ方向を見ている。一瞬、自分を見ているのかと思ったが、若干《じゃっかん》視線が低い。いや、若干どころではなく、ほぼ足元を見ているのだが？

視線を追って下を見て、驚きの声をあげなかった自分を誰かほめてほしい。

そこには、バレーボールくらいの大きさのピンク色のぶたのぬいぐるみがいた。自立していた。しかも、腕組みしていた。

誰かが置いたのか、とも思ったが、首を傾《かし》げて、あごの下に手（？）を当てた時には仰天した。動くってどういうこと？　耳をひらひらさせているよ。右耳、曲がってる。

お母さんたちも、あの老婦人も、もちろんお父さんたちも目が釘付けだった。しかし、ぬいぐるみは見られていることを特に気にしている様子はない。ぬいぐるみだから？

黒ビーズの点目は、どこか一点を見つめているようだった。今度はそれを追っていくと、一人の女の子の背中にぶち当たる。芹菜の席の二つ前。小さめなその背中が、ちょっとだけ振り向く。

眠そうな顔をしていたその女の子は、自分を見つめる点目に気づき、にこっと笑った。そして、すぐ前に向き直る。ぬいぐるみが「うんうん」と言うようにうなずいたのを、圭は見逃さなかった。

「はいはーい、ちゅうもーく！」

先生の少しドスのきいた声に、他の子供たちもみんな前を向いた。

「それでは、書いてきた作文を発表してもらいまーす」

作文。

その単語を聞いたとたん、教室の空気がピキッと変わった気がした。

圭はさりげないふりをして、教室全体を見回す。比較的落ち着いているのは、先生だけのようだ。子供たちは後ろを気にして何度も振り返るし、大人たちは浮ついた気分を隠しながらも視線は一点に集中。

教室に漂う空気が意味するもの——言うなれば、それは「期待」。

もちろん、自分の子供の作文は聞きたいだろうが、この妙な雰囲気はそれだけを期待しているのではないはずだ。

圭だって、叔父としては芹菜に読んでもらいたい。もらいたいが、どうせ自分のことじゃないし、姪の文章力は己の子供時代と比べても歳相応であることは間違いない。ここにいるのだって、芹菜のためでしかないし、それ以外の楽しみがあって来たわけではないのだ。だいたい何の授業かも知らなかったんだから。

それが突然のこの緊張感！　さっきのご婦人がうれしそうにしていた気持ちがわかってきたぞ。

期待を集めているのはぬいぐるみだけではない。ぬいぐるみがじっと見つめている女の子も同様だった。

あれは、どう見ても身内だ。

……身内って何だ、身内ってて。

自分で自分に静かに突っ込む。でも、他にもそう思っている人はいるはずだ。あのご婦人だってよく知らずに来てたわけだし。顔には出さないようにしているんだ、自分みたいに。

内心かなりの動揺を隠しながら、圭は女の子を観察する。

とりあえず深く考えるのはやめよう。「身内」にはいろいろな意味がある。他人でも使える便利な言葉、それが「身内」。

「じゃあ、さっそく作文を読んでもらおうかな」

先生の声が教室に響き渡ると、子供たちが静かになった。

再びみんな緊張に包まれる。何この息詰まる空間。授業参観の空気じゃねえだろ、と突っ込みつつ、それぞれが平然とした顔をしている。

それがおかしくてたまらない、という気持ちまで混じってきて、圭はいったいどんな顔をしたらいいのか、ますますわからなくなってきた。

この状況を、姉は知っているのだろうか。知らないのなら知らせたい。知っていたら殴りたい。

しかし、メールを打つのは無作法だよな。メールというか、ケータイがOKなら、あのぬいぐるみは絶対に写メの嵐にあっているはずだ。それが行われていないということは、使っちゃいけないってことなのだ。デジカメ等も含めて。

大人としてそう理解していても、姉にメールしたい気持ちはどんどんふくれあがっていく。狙って呼んだのか偶然なのか。姉は圭ほど意地悪ではないので、企んだとは思いにくいのだが。こんなことになるとわかっていたら、這《は》ってでも来そうだし……。

「平井《ひらい》さん」

芹菜の名字が呼ばれて、はっとなる。立ち上がった姪は圭の方を見て、ニコッと笑った。よかった。姪が呼ばれてもわからなかったりしたら、あとで姉にボコボコにされる。

「誰のために作文を書いたんですか？」

「お母さんです」

予想を裏切らない選択だ。読んでいた時の芹菜の様子を絶対訊かれるだろうから、ちやんと見ていなくては。

「『お母さん大好き』。

お母さんは、いつもおいしい料理を作ってくれます――」

芹菜が小一の模範のような作文を読んでいる間に、ちらちらとぬいぐるみを観察する。

ああ、何だか忙しい。授業参観を軽く考えていた自分がバカだった。

「――だから、今日の夕飯はハンバーグを作ってください。終わりです」

「はい。お母さんの優しさが大変よくわかる楽しい作文でした」

先生の声が響く。しまった。楽しい作文だったのか？　笑いは起こらなかったように思うのだが。小一にそこまで求めるのは間違っているのか？　締めくくりは食いしん坊な芹菜らしいが。

まあ、そこら辺はあとで姉にどやされるだけだから、いいとして。(自分宛の作文だったら、もう少し真面目に聞いたのだが)

とにかく、ぬいぐるみの観察をしつつ、子供の作文をちゃんと聞いたりするのは無理なんじゃないかな、と思うのだ。圭はもう姪が終わったからいいが、まだの父兄はその緊張ともう一つ、

「あの女の子が読むか読まないか」

にも耐えないといけない。

第一、授業時間内で全員に読ませられないだろ？　セレクトされるのは当然なのだ。ここまで来て、彼女の作文を聞けないというのはつらい。

それを察しているのか、彼女の番はなかなかやってこない。それとも先生、タイミングを見ているのか？　一番いいところは最後にとってあるのか？

先生をじっと見つめても、特に気配は感じず、若いのになかなかどうして、落ち着いて授業をしているな、と思う。子供たちを適度に笑わせ、引き締めるところはきっちり、という担任の先生としては理想的かもしれない。

漠然と授業をしているわけではなさそうだ——と考えると、やはり期待感が高まる。それは他の父兄もそうだろう。圭の後ろや周りには、「ゴゴゴゴ」と音がしそうなくらいの感情が渦巻いている気がしないでもない。

そして、やはりその時はやってきた。

「山崎《やまざき》さん」

「はい」

あの女の子が、元気よく手を上げた。

「おおっ」と言うのを我慢した父兄が、自分を含めてどれだけいたか。息をのむ音が聞こえたと思ったくらいだ。

「誰についての作文ですか？」

「お父さんです」

なぜか小さく「やった」という声が聞こえた気がするのだが……気のせいか？　だが――。

予感がする。これはいいのか悪いのか。

女の子は立ち上がり、作文用紙を高々と上げて、読みだした。

「わたしのお父さんは、ぶたのぬいぐるみです」

――気を失うかと思った。

いや、ほとんど自失していたと言っても過言ではない。そのあとの数行、憶えていないのだ。うわー、もったいない！　でもっ、心の準備ができていなかったから！　こんなにストレートにどーんと来るとは思わなかったからっ！

「――お父さんは、料理が上手で、よくお菓子を作ってくれます」

作文は続いている。ここだけ聞くと、ただの優しいお父さんのようだ。お菓子を作るのか……。あの手で！　いや、もしかしたら全身を使って作るのかもしれない。小さいから。

「本もたくさん読んでくれるし、一緒にお風呂に入ったり、遊んでくれます。お仕事がお休みの時は、お父さんとお母さんとお姉ちゃんと四人でドライブに行ったりします。お父さんは車の運転も上手です」

我慢していたのに、ついぬいぐるみの方を見てしまった（他にも見ている人がたくさんいた）。みんな、信じられない、という顔をしているが……そこまでして娘に嘘をつかせても、という気持ちも生まれる。

娘――ちゃんとした人間だけど。

「お仕事が忙しくて帰りが遅い時も、朝ごはんはいつもみんなで食べます。お父さんと一緒の朝ごはんはとてもおいしいです。わたしはお父さんが大好きです。

終わりです」

ほっとした顔をぬいぐるみに向けて、女の子は座った。他の子と同じように拍手が起こるが、大人の拍手はそこはかとなく呆然としていた。ぬいぐるみは、娘が振り返った時にちょっとだけ手を——濃いピンク色の布が貼られた手を振っていたが。

……なんと、ちょっと普通じゃないところもあったが、概《おおむ》ね普通のお父さんへの作文のまま終わってしまった。聞き損《そこ》ねた数秒は、何と言っていたのだろうか？

教室の雰囲気から、それを聞き損ねたのは自分だけではないように思えた。あるいは、そこがそれだけ衝撃的だったということなのか？

ああ〜、気になる〜。座り込んで頭をかきむしりたい衝動が湧いてくる。

「はい、ありがとう。お父さんが大好きな感じがよく出てたね」

冷静なのは先生だけだった。

そこで、タイミングがいいのか悪いのか、おそらく先生の計算通りにチャイムが鳴った。

「はい。今日の授業はこれで終わりです。あとは家族の人と一緒に帰ること。わかりましたね？」

「はーい！」

授業前とはちょっと違う子供たちの元気な声につられ、自分も返事しそうになって、我に返る。

芹菜を送っていかなければならない。

ぬいぐるみのあとを尾けてはいけないのだ。いや、それをすると多分、あの女の子を尾行することになって、どう見ても不審者ではないか。

ぐったり疲れたまま、何とかぬいぐるみから目は離さないようにしていたが、

「おじちゃん！」

芹菜に飛びつかれた数秒の間に、ぬいぐるみとその娘は煙のように消えていた。

「芹菜！」

「何？」

「あの、あのぬいぐるみのお父さんの女の子――」

「ぶたぶたさん？　うん、山崎さんのお父さんだよ」

ひどい日本語だ。

ぶたぶたさん？　そんな名前を呼び合う仲なのか!?

「かわいいよねー」

何でもないことのように芹菜は言う。

「驚かないのか？」

「何でー？　ぶたぶたさん、すごく優しいんだよ」

何その余裕の発言。スレた女の子になったらどうしよう、と一瞬不安がよぎる。

「それよりー、芹菜の作文はどうだった？」

「よかったよ」

気の抜けた返事をしても、芹菜は気づかず、きゃーきゃー喜んでいる。やはりまだまだ子供だ。

その時、教室の窓から、校庭を横切っていく二つの人影が見えた。いや、一つは人ではなく、小さなぬいぐるみだったが。

圭だけでなく、他の何人かも気づき、じっとその後ろ姿を凝視している。

教室の中には、様々な年代の大人がいた。とはいえ先生以外はみな三十代以上の立派な大人だ。

そんな人たちが、いったい何を思ってあの二人の後ろ姿を見ているのか。

そういうことを考えると、何だか胸が締めつけられるような気持ちになった。一人一人が違うことを考えているには違いないが、誰一人として悪いことは思っていないように感じたから。

変なこととかおかしなことは考えているかもしれないが。

圭はとにかく「世の中にはまだまだ知らないことがたくさんある」と思った。あんなぬいぐるみも父親だなんて。少しは我が身を振り返らなくてはいけない頃なのか？


芹菜を家に送っていくと、姉は和室に布団を敷いて寝ていた。真っ赤な顔が冷えピタとマスクでほとんど隠れている。

「ありがと……」

相変わらずすごい声だった。

「もうすぐお父さん帰ってくるって……」

「そうか。何か買い物とかは？」

「大丈夫。買い置きで何とかなる……」

電話ではからかったりしたが、こうして寝込んでいるのを見ると心配になってくる。

でも、看病とかどうしたらいいのか、よくわからない。おかゆ一つ作れないし。

「芹菜の作文、どうだった？」

「よく書けてるって先生にほめられてたよ」

どの子もそうやってほめられていたが。

「そう……。あとで読ませてね」

布団の脇でランドセルの中をゴソゴソいじっていた芹菜が、

「わかった！」

と元気よく返事をすると、姉は頭痛がするのか頭を抱えた。

「医者、行く？」

「明日ね……」

とりあえず義兄が帰るまで待つことにして、眠ってしまう前に疑問をぶつけることにした。病人には酷かも、と思いつつ、

「父兄の中に、ぬいぐるみがいたんだけど……」

あの女の子のように単刀直入に。

「ああ、ぶたぶたさんね」

あっさりと認める。

「知ってたの⁉」

「もちろん」

表情はあまり見えないが、姉はちょっと笑っていた。

「知らなかったから、すっごくびっくりしたんだけど」

「ああ、あんたならびっくりするかもね」

その言い草にちょっとムッとする。

「知ってるって、芹菜が学校に上がってから？」

「ううん、もう十年前くらいから」

——もしかして、これに今日一番驚いたかもしれない。

「何で教えてくれなかったの!?」

「変なふうにからかったら、いやだから」

これまで姉を尊敬したことって、あっただろうか。いや、ない……と思う。一つも気づかなかった。

「じゃあ、今日は何で俺に頼んだの？」

「だって、芹菜の参観日だもん。あんたは芹菜のことかわいがってるし」

——母の愛？

「……からかわない？」

ちょっと思考を読まれたように思えてドキッとしたが、

「そんなことしないよ」

くやしいけど、姉は弟のことをよくわかってる。

「ほんとにごく普通の優しいお父さんなの？」

「ぶたぶたさん？」

「うん」

「そうだよ。あんたもああいう男になりなさい」

「それには同意しかねる」

もうちょっとよく知ったら、そう思うのかな。ぬいぐるみにはなれないけれども。

新しいお母さん

新しいお母さんがやってきた。

本当のお母さんは、大河《たいが》が一歳にならないうちにいなくなってしまった。何も憶えていないので、何があったのかよくわからないが「リコン」というのはお父さんからちょっと聞いた。幼稚園に入る前だった。

今まで、お父さんと大河はずっとお祖父《じい》ちゃんとお祖母《ばあ》ちゃんの家で暮らしていたのだが、年長さんになる年が明けて、少したった時、

「新しいお母さんに来てもらうことにした」

とお父さんが言った。そして、まだ寒いうちにお祖父ちゃんちの近所のマンションに移り、三人で暮らすことになった。

新しいお母さんは、前から知っている梢《こずえ》お姉さんだった。近所のうどん屋さんで働いていた人だ。美人で優しくて、こんな人がお母さんだったらいいな、と思っていたら本当にお母さんになったので、びっくりした。

でも、どうしたらいいのかわからなくて、大河はまだ「お母さん」と言えていなかった。お母さんというよりお姉さんなので、そう呼んでいるのだが、そうするとお姉さんはちょっと悲しそうな顔をする。でも、恥ずかしくて「お母さん」と言えないのだ。

お父さんと三人でいると、いろいろおしゃべりもできるのだが、二人きりになると「うん」とか「そう」とか、そういうのばかりになってしまう。

「まだ緊張してるんだな」

とお父さんは言うけど、それも何だかよくわからない。

「仲良くするんだよ」

とお祖父ちゃんにもお祖母ちゃんにも言われたし、自分でもそうしたいと思っているのだが、なぜか話したいことが口から出ていかない。絵本を読んでもらいたいとか、一緒に見たいＤＶＤがあるとか、自分から言えない。

次には言おうと思っていても、すぐに忘れてしまう。

けれど、いつも話しかけてくれるお姉さんの笑顔と悲しそうな顔を見るたび、次第に忘れてはいけない大事なことだと、わかるようになってきた。

問題は、うまくタイミングが合わないことだった。ほんの少しの勇気を大河が出せる時と、お姉さんがその少しの間を待てるかどうか。急いでいたり、邪魔が入ったりする時が多すぎるのだ。

それが初めて合ったのは、お姉さんが大河にこう訊いた時だった。来週には春休みが終わり、幼稚園最後の一年が始まる頃。

「幼稚園に持ってくお弁当、どんなのがいい？」

そう訊かれた時には、またもや大河はうまく答えられず、あいまいに「うん」としか言えなかった。お姉さんが作ってくれるものなら何でもいいから「何でもいい」と答えようとしたが、お姉さんは重ねて言った。

「あっ、好きなおかずもだけど、キャラ弁作ってあげようか？」

「キャラ弁……？」

「何が好き？　アニメとか、戦隊とか、動物とか？」

大河は、頭に浮かんだ言葉をとっさに言ってしまった。好きなもの。気になって仕方ないもの。お姉さんやお父さんのことの他に、考えてしまうもの。

「ぶたぶたさん」

「え？」

「ぶたぶたさんが好き」

お姉さんは「ぶたぶたさん……ぶたぶたさん……？」と言いながらしばらく考えていたが、やがて困った顔でこうたずねた。

「ごめんね、ぶたぶたさんって知らないの。教えてくれる？」

「ぶたぶたさんはねっ——」

勢いこんで教えようとしたが、一瞬躊躇《ちゅうちょ》した。ちゃんと教えてあげられるかどうか自信がなかったが、それでも教えてくれと言われたんだから教えてあげないと、という気持ちの方が勝った。

「ぶたぶたさんは、お父さんなの」

「お父さん？」

「そう。えーと……しまうま組の、女の子の」

大河は、その女の子の名前を知らなかった。同じクラスではなかった上に、去年の年長組の女の子なので、そんなに見かけたこともなかった。それに、見かけた時は女の子ではなく、ぶたぶたさんばかり見ていたから、名札なんか見ていなかった。

「お迎えに来ているのを見たの」

「お父さん……？」

お姉さんはもう一度訊き直した。

「そう。……多分」

また自信がなくなってきて、声が小さくなる。

「……アニメ？」

「違うよ。幼稚園の」

「幼稚園って、大河くんの？」

「そうだよ。しまうま組って言ったでしょ？」

もうあの女の子は卒園してしまって、いないけど。年長さんになったので、大河もしまうま組になるかもしれない。本当はぞう組がいい。

「ええー、ちょっと待って」

お姉さんは、おでこに手を当てて、目を閉じた。

「しまうま組のお父さん？」

「うん」

「じゃあ、去年のか」とお姉さんは小さくつぶやく。

「その中に『ぶたぶたさん』って人がいるのね」

「うん。人っていうか、ぬいぐるみだけど」

「えっ⁉」

お姉さんの目がまん丸になる。

「お父さんなんでしょ？」

「そう。お迎えに来てた」

「だけど、ぬいぐるみなの？」

「うん。ぶたのぬいぐるみ」

お姉さんは頭を抱えて座り込み、うんうんうなりだした。


お姉さんとお祖父ちゃんちへ行く。

春休みの間は、ほとんど毎日行っていたけど、来週からは幼稚園があるから来られないのかな。

「お義母さん、『ぶたぶたさん』ってご存知ですか？」

「ぶたぶたさん？　何それ」

まさか。お祖母ちゃんが知らないはずない！

「お祖母ちゃん、幼稚園で見たでしょ、ぶたのぬいぐるみの人！」

大河の大声に、

「ああ、あのぬいぐるみさん。ぶたぶたさんっていうんだ」

「そうだよ。知らなかったの？」

「うーん、聞いたような聞かなかったような……」

「あの……ぬいぐるみって、もしかしたら着ぐるみですか？」

お姉さんが言う。キグルミって何？

「違うわよー。普通のぬいぐるみ」

「……ふ、普通って？」

「これくらいの」

お祖母ちゃんはぶたぶたさんの大きさを手で示した。大河には少し大きめのボールくらいだ。

お姉さんは何も言わなかった。

「梢さん？」

お祖母ちゃんはお姉さんの肩をバンバン叩いた。ハッとしたように、お姉さんは顔を上げる。

「ああ、びっくりするよね。あたしも最初はびっくりしたけど、みんな平気だったから慣れちゃった」

「みんな平気って……？」

「平気なのよ。ほんとに。幼稚園の先生もきっとそう言うよ」

お姉さんの目は、まだまん丸だった。

「見てもらえばすぐにわかるんだけど、個人的には知らないからねえ。あの人の娘さんは卒園しちゃったし……。もう園で会うことはないよねー」

お祖母ちゃんの言葉に、大河はすごくがっかりした。

「小学校に行ったら会えるかなあ？」

「うーん、そうねー。小学校はあんまりお迎えがなさそうだし……でも、多分同じ学校だから、会えないわけじゃないと思うよ。運動会とかもあるしね」

ちょっとほっとした。

「で、何で急にぶたぶたさんのことを？」

お祖母ちゃんがお姉さんに訊く。

「大河くん、そのぶたぶたさんのお弁当を作ってもらいたいらしくて」

「ぶたぶたさんのお弁当？　ぶたぶたさんに作ってもらうの？」

「いえ……あのー、キャラ弁っていうんですか？　好きなアニメとかゲームのキャラクターをおかずやごはんで作って、お弁当にするんです」

「まー、そんなのがあるの？　そんなの作ってあげたことなかったねえ、大河」

たまに作ってほしいなあと思わないこともなかったが、キャラ弁自体にはそれほど興味はなかったし、友だちのを見てもそんなにうらやましいと思わなかった。お祖母ちゃんのお弁当はおいしかったし、いつもきれいに詰められていて、開けるのが楽しみだったから。

興味があるのは、キャラ弁ではなく、ぶたぶたさんだけなのだ。

「食べたかった？」

お祖母ちゃんの質問に、

「ぶたぶたさんのなら食べたい」

と言う。

「作ってあげればよかったかしらー」

ちょっとしょんぼりしたお祖母ちゃんの言葉に「違う」と言いたかったけれども、頭がこんがらがって出てこないので、ぶんぶん首を振る。

「と、とにかく！」

お姉さんは大きな声を出した。

「ぶたぶたさんのなら食べたいんだよね、大河くん」

「うん」

お弁当箱のふたを開けた時に、あのかわいいぶたぶたさんの顔があったら、と想像すると、ワクワクする。

「じゃあ、作ろう！」

「梢さん、どうやって？」

お祖母ちゃんの問いかけに、お姉さんはうーんと悩み、

「ぶたぶたさんを探しに行こう！」

と言った。

探しに行くという発想がなかった大河は、何だかさらにワクワクしてきた。

ということで、二人で来週から年長組に通う幼稚園へやってきた。

春休みなのに、先生たちは園にいた。みんな忙しそうだった。

先生のお部屋のソファーに座って、お姉さんが園長先生にたずねる。

「ぶたぶたさんに会いたいんですけど、どちらにお住まいか教えていただけますか？」

園長先生は困ったような顔になった。

「そういうのは個人情報になってしまうので、最近はお教えできないんですよ。卒園生とはいえ」

「……やっぱりそうですよね」

やっぱり？　やっぱりってどういうこと？

「どういった理由でぶたぶたさんにお会いになりたいんですか？」

お姉さんが正直に「キャラ弁を作りたい」と言うと、

「じゃあ、写真があればいいんじゃありません？　アルバムならお見せできますよ」

と言って、卒園アルバムとか普通のアルバムをたくさん持ってきてくれた。

「ご自由にご覧ください」

園長先生は忙しそうに行ってしまった。

「大河くん、ぶたぶたさんの写真は持ってた？」

大河は首を振る。お父さんなら持っているのかもしれないが、訊いてみないとわからない。

アルバムを開くと——すごいすごい。ぶたぶたさんがいっぱいだ！　特に卒園アルバムじゃない方。

「ほんとだ……。ぬいぐるみだ」

お姉さんはぼんやりしている。

「CG合成じゃないんだよね？」

ぶたぶたさんが大玉転がしの上に乗っている写真や、キャンプで鍋をかき混ぜている写真をじっと見つめながら、そう言った。

大河はたくさんのぶたぶたさんの写真に興奮していた。アルバムを持って帰りたいと思った。自分のカメラがあったら、もっとたくさん撮っていたのに、とくやしい気持ちになる。

「あのこれ……もしかして、ぶたぶたさんのアルバムですか？」

お姉さんが、お茶を持ってきてくれた先生にたずねる。すると、

「ええまあ……みんな好きですから……」

恥ずかしそうに言う。やっぱりみんな好きなんだ。

アルバムをめくるたびに、お姉さんは驚き続けたが、そのうち「かわいい」と「すごい」を連発するようになった。

「あっ、大河くんも写ってる！　大河くん、すごいね、かっこいいよ」

鉄棒で逆上がりができた時の写真を見て、お姉さんはうれしそうにそう言った。大河にも「かわいい」と言うのかと思ったが、「かっこいい」と言われた方がずっとうれしかった。「すごい」とも言ってもらえたし。

「今度教えてー。もう逆上がりできないかもしれないから」

「うん。うん。あのね」

「何？」

かっこいいって言ってくれてうれしいことを伝えようとしても、やっぱりうまく言葉が出てこない。そのまま、ぶたぶたさんの写真に目を落とした。

しばらくアルバムを見ながら、ノートにぶたぶたさんをスケッチしていたお姉さんは

ふと気づいたようにつぶやく。

「ねえ、大河くん。写真見てキャラ弁はできるだろうけど……やっぱりぶたぶたさんに許可とった方がいいかな」

「許可？」

「うん。勝手に自分の顔をお弁当にされて、それを食べられちゃうってどうなんだろうね？」

それは……何だか悪いことのような気がする。

「ぶたぶたさんに、どうにかして会えないかな？」

「……でも……おうち教えてもらえなかった……」

大河が家を知っていたらよかったんだけれども。

「探してみればいいじゃない！　歩いて迎えに来てたみたいだから、住んでるのはこの辺だよね？　いろいろ聞き込みをしてみようよ」

「聞き込み……？」

「『ぶたぶたさんのこと、知りませんか？』って人に訊いてみるんだよ。きっとみんなぶたぶたさんのこと知ってるよ」

お姉さんの言うとおり、まず最初に入った幼稚園近くのコンビニの店員さんは、ぶたぶたさんを知っていた。事情を話したら、教えてくれたのだ。

「よくお子さんと寄りますよ」

あっさりと言われて、大河はちょっとショックを受ける。ぶたぶたさんがコンビニに行くなんて考えもしなかった。

「毎日来られるんですか？」

「いえ、さすがに毎日じゃないです。毎日っていうなら、あそこの本屋さんに聞いてみるといいと思いますよ」

店員さんが指さしたのは、はす向かいにある小さな本屋だった。

お姉さんと一緒に本屋へ行く。ひげを生やしたおじさんがレジのところに座っていた。

「こんにちは」

とお姉さんが言ったので、大河も、

「こんにちは」

と言うと、おじさんはにっこりと笑った。

「いらっしゃいませ」

お姉さんは、ここでも正直にキャラ弁のこととかを本屋のおじさんに話した。

「それで、すみません。ここにぶたぶたさんが毎日いらっしゃるって、あそこのコンビニで訊いたんですけど」

お姉さんがたずねると、

「ああ、ぶたぶたさんね。来ますよ。毎日っていうか、来ない日の方が珍しいってところですけど」

いやな顔もせずに教えてくれた。

「ぶたぶたさんは本が好きなの？」

大河は思い切って訊いてみた。すると、おじさんはちょっとびっくりしたような顔をしたが、

「うん。そうなんだよ。毎日来て、面白い本がないか探すんだよね」

僕も本を読んだり、読んでもらうのが好き、と言おうとしたが、それはぶたぶたさんにも言いたいから、どうしよう。

「今日はもういらしたんですか？」

「いや、今日はまだですね」

いつ来るんだろう、ぶたぶたさん。

「そうですか……。ありがとうございます」

お姉さんは大河を絵本の棚のところへ連れていって、こう言った。

「あのね、これからお祖母ちゃんに電話して、大河くんを迎えに来てもらうから」

「え……」

どうして？

「ここでぶたぶたさんを待とうと思うんだけど、いつ来るかわからないでしょ？　だから、お祖母ちゃんちに行って待ってて。あとで迎えに行くから」

そんなの、そんなの――

「や、やだ」

どう言おうかと考える前に言葉が出た。

「一緒に待つ」

「でも、時間かかるかもしれないよ」

「いい。待つから」

「そんなにぶたぶたさんに会いたいの？」

うん、と大河は言えなかった。本当は、お姉さんと一緒に待ちたかったのだ。二人でお出かけをして楽しかったので、まだお出かけのままでいたい。

だから、ここでうんと言ったら嘘になってしまうから、黙るしかなかった。

いつまでも答えない大河に、お姉さんはにっこり笑いかけた。

「……じゃあ一緒に待とうか」

大河はうなずいた。

「絵本も買おう。読みたいのある？」

絵本を二冊レジへ持っていく。お姉さんに少し読んでもらって、面白かったものから選んだ。

お金を払う時、お姉さんが、

「外でぶたぶたさんを待たせていただいてもかまいませんか？」

と訊く。

「中で待っててていいですよ」

「でも、ご迷惑じゃないですか？」

「大丈夫ですよ。まだ冷えるでしょ。中で絵本読んでていいからね」

最後の部分は大河に向けて言われたものだったが、

「ありがとう……」

と小さな声で言うのが精一杯だった。

おじさんは大河の頭をぐりぐり撫でて、

「かわいいねえ。お母さん、自慢でしょう？」

「はい」

ニコニコしてお姉さんがそう言ったので、大河は何だか変な声を出してしまった。

「どうしたの？」

「ううん……」

恥ずかしいしうれしいしで、大河は何も言えなかった。

一時間待っても、ぶたぶたさんは来なかった。絵本も読み終わってしまい、二人ともすることがなくなってしまった。

「どうしようか……」

お姉さんが言う。大河も少しお腹が空いてきた。公園にも行きたくなってくる。せっかくいい天気だから、お姉さんとお外で遊びたい。

「もうちょっと待ってみる？　それとも、もう帰る？」

そう訊かれて、大河は考える。帰りたい気持ちはもちろんあるけれども……お姉さんはどうなんだろうか？

「お、お……」

お姉さん、と言おうとして、ちょっとためらう。

「……さんは、どうなの？」

お母さん、と言おうとしたけれども、もごもごしているだけになってしまった。でも、お姉さんはそれでわかってくれたらしい。とってもうれしそうな顔になったから。

「もうちょっとだけ待ちたいかな？」

「じゃあ、もうちょっと待つ」

「そうしよう」

そんな会話をしている時、本屋に女の子が二人入ってきた。よく似た二人。姉妹？

「おじさーん、いないの？」

大きい方の女の子が声をかけるが、本屋のおじさんは今奥に入ってしまっている。声が聞こえないのか、返事はなかった。

「まだいないよ」

「じゃあ、あとでまた来ようか」

買い物に来たのではないらしく、本屋を出ようとしていた。その時、小さな方の女の子の顔を見て、

「あっ」

大河が声を上げた。

「どうしたの？」

「あの、あの子……」

小さい方のあの子は。

「あの子、ぶたぶたさんの――」

そう言った時、お母さんが立ち上がって二人に、

「待って！」

と声をかけた。

本屋の出入口で、二人が振り向く。

「あの……ごめんなさい。あなた、ぶたぶたさんの娘さん？」

そうたずねると、小さな女の子は、

「うん」

と答える。そして、大河を見た。

「お姉ちゃん」

お姉さんのこと？　と思ったが、そうではなく大きな女の子の方だ。その子の袖をつかんでひっぱっている。

「何？」

「同じ幼稚園の子」

と大河を紹介するように言う。

憶えていてくれたんだ。

恥ずかしくて、お姉さんの——いや、お母さんの後ろに隠れてしまったが、うれしくて胸がドキドキしていた。

二人はやはり姉妹で、お姉さんは中学生だった。

お母さんがその子に事情を話すと、電話でぶたぶたさんを呼び出してくれた。

「特別です」

お母さんがあとで「しっかりしたお嬢さん」と言っていたお姉さんは、そう言った。

「妹が息子さんのこと気に入ってるみたいだし」

大河はその「妹」の顔はちゃんと見られなかったが、じっと見つめられているのはわかっていた。こっちが一方的に見ているだけだと思っていたので、自分の顔を憶えているとは夢にも思わなかったのだ。

三十分もたたずに本屋へぶたぶたさんがやってきた。

出入口に姿を現した時、大河は「わーっ」と声を上げてしまった。こんなに近くで見たことがなかったからだ。触りたかったが、それは必死で我慢した。

ぶたぶたさんは、本当にぬいぐるみだった。ぎゅっとしたら、つぶれてしまいそうなくらい。大河よりも小さいのだ。

でも、ぶたぶたさんに会えたうれしさよりも、お母さんの驚きようと喜びようを見て、大河は満足を覚えた。とても幸せそうに見えたから。

「僕のキャラ弁……!?」

お母さんの話を聞いたぶたぶたさんは、点目を限界まで大きくしてそう言った。

「そんなことしてる人いるかなあ？」

「いると思うよ」

お姉さんが澄ました顔で言う。

「いるかもしれないですけど――『許可を取って』って思っていただいたのは、初めてじゃないですかね」

最初戸惑っていたが、やがて感心したようにそう言った。

「写真撮ってもいいですか？」

お母さんがデジカメを取り出して、ぶたぶたさんに言った。やった！　おうちでもぶたぶたさんが見られる！

「いいですよ」

外で撮ろうとしたが、本屋のおじさんが「いいからここで撮りなよ」と言ってくれたので、お母さんは急いで、でもたくさんぶたぶたさんの写真を撮った。

それだけでなく、大河と一緒にも写してくれた。

並んだ時に、

「手をつないでいい？」

と言うと、

「いいよ」

と優しい声で言ってくれた。お父さんともお祖父ちゃんとも違う、大人の男の人の声だった。

握った手は、すごく柔らかくて、大河の手の中でつぶれてしまったけれども、特に痛そうではなかった。


次の週、お母さんが持たせてくれたお弁当には、ごはんの上にぶたぶたさんの横顔がハムで描いてあった。

鼻の先には薄焼き玉子を貼って、黒ゴマで鼻の穴と目を、耳の内側にはピンク色の漬物。右耳は、ちゃんとそっくり返っていた。

「ごめんね。練習したんだけど、今日は顔だけで許して」

お母さんはしょげた顔をしていたが、大河はとてもうれしかった。ぶたぶたさんの横顔の周りには、いろいろな色のおかずが花のように並んでいた。

「今度はもっとすごいのを作るからね。あの写真みたいなの」

大河がぶたぶたさんと一緒に写した写真は、リビングに飾ってあった。

でも、大河は首を振った。

「お母さんが作ってくれればいい」

「……！」

お母さんは、大河が「お母さん」と言ったことにびっくりしたようだったが、本当は言いたいことの半分も言えなかった、と思っていた。

本当は、大好きなぶたぶたさんを作ってくれたお母さんの方が大好きだと言いたかった。

でも……ちゃんと言えなかったけど、お母さんはわかってくれたように思えた。

「がんばるから」

お母さんの言葉に、大河もがんばろうと思う。今度こそ「大好き」とちゃんと言えるように。

途中下車

「自分を二の次にする」って、どういうことなんだろう。

聡史《さとし》は、その言葉を生まれて初めて聞いた気がした。生まれてまだ十六年しかたっていないけど。

辞書で意味を引いてみると、「二番目、あとまわし」とある。「二の次」のことだが。言われたのは、クラスメートの惣谷《そうたに》だ。まっすぐの黒髪を後ろでくくった色白の女の子。隣の席の子。

「自分を二の次にするって発想はないの？」

自分に向けられた言葉に、何かがにじんでいる、と気づいたのもその時だ。言われた言葉に意味があるって、考えてみたら当たり前なのに、今まで一度も意識したことがなかったように思う。

でも、何がにじんでいるのかがわからない。

いや、わかっているけど、認めたくないのだ。それがこめられた意味のせいなのか、その子——他人にそう思われたことなのかまではわからなかったが。

どうやら自分がショックを受けているらしい、というのまでは認められた。でも、そんなことも気づかれたくなくて、何も言わずに教室を出た。放課後でよかった。あのまま授業をサボっていたら、あとでまた何を言われるか。

二の次も何も、自分が一番のつもりもないし。

いや、そう思ってるって錯覚していただけなんだろうか。だいたい長男でもない。出来のいい兄と妹に囲まれた次男の苦しみなんて、女のあいつにはわかるはずもない。

ぶつぶつ言いながら、バスに乗り込む。高校に入ってから使うようになったこの路線は、いつも混んでいる。

空《す》いたバスが好きだ。小学生の頃は、窓際の席（さらにできれば運転手の後ろ）に座って終点まで窓の外を見ていたいと思ったものだが、高校生の今はとてもやる気が起きない。だいたいめったに座れないし。

せめてあいているつり革につかまって、携帯電話が見られればいいな、と思ったが、今日はあいにく優先席の前しか空いていなかった。

どうもあそこでケータイを開くのには抵抗がある。このバスに乗るようになった直後、ものすごく声の大きなおじいさんに注意されたことがあるのだ。注意そのものではなく、その声の大きさに得体の知れない恐怖を抱き、それ以来優先席付近では遠慮している。病院のある路線なので、おじいさんはそこに通っているらしく、たまに見かけるのだ。だからといって来たバスを見送るほど交通の便はよくない。

ケータイをいじるのをあきらめると、下を向いて、何とか立ったまま寝られないか、と考えるくらいしかすることがない。惣谷だったら多分本でも読むんだろうなあ――と思ったりしながら下を向くと、そのぬいぐるみが目に入ってきた。

おばあさんの膝の上にちょこんと載っているぶたのぬいぐるみ。膝に乗るのにちょうどよいバレーボールくらいの大きさで、古ぼけた薄いピンク色をしていた。右耳がそっくり返っていて、小さな黄色いリュックを背負っている。

その顔にある黒ビーズの目と目が合ったように思ったのだ。

あわてて顔をそらす。何だかぬいぐるみに観察されているように思えたけど……多分気のせいだ。

でも、気になるので、聡史はちらちらと横目で盗み見ていた。ぬいぐるみを膝に乗せていたり持っている大人はたまに見かけるが、そのおばあさんは何だか間違えて持ってきたみたいに、雰囲気がそぐわなかった。隣に座っている同世代の女性は友だちなのか、楽しそうにおしゃべりに興じている。

横目なのでよくわからなかったが、聡史にはその会話をぬいぐるみが聞いているように思えた。何だかうなずいているようにも見えたのは、やっぱり気のせいに違いないだろうけど……。

気のせい気のせい——と必死に言い聞かせていたのに、数分後それが台無しになる。ある停留所に着いた時、ぬいぐるみがおばあさんの膝から飛び降り、バスから降りていったのだ。その素早さといったらなかった。ぬいぐるみとは思えないほど。いや、普通ぬいぐるみは動かないが。

それでも、結び目がついているしっぽまでしっかり見たのだが。

その方向を凝視していたので、他にそれに驚いている人がいたかどうかはよくわからずじまい。しかし、バスの中に視線を戻した時は、もう何事もなかったようになっていた。いつもより静かなようにも思えたが、確信はない。

夢でも見たのかも、とその時は思ったのだが、数日後にも同じような光景を目撃してしまう。今度は別のおばあさんの膝に乗っていた。

前は優先席だったので、真正面から見られたが、今度は一人がけの椅子にちんまりと二人で（？）座っていたので、後ろの方からうかがうくらいしかできなかった。以前見た光景のことがなかったら、ぬいぐるみを抱えたおばあさんが独り言を言っていると思っただろう。

しかし、今の聡史には、二人がとても熱心に話し合っているようにしか見えなかった。もしかしてずっと気づかなかっただけで、何度もこういうことがあったのかもしれない。聡史はいつも、バスに乗るとケータイばかりいじってしまうし。

周囲を観察しようとか、そんなことは考えたこともなかったが、こうなるといやでも目に入ってくる。

数日後、ぬいぐるみは幼稚園くらいの子供の膝に乗っていた。今度は一番後ろの真ん中だ。なぜそこ？　いつもは混んでいるが、その時はたまたま空いていた。

バスが止まるたびに、ハラハラしながら見ていた。女の子は膝に乗せているだけで、押さえておかないのだ。これにより起こることを心配しているのか期待しているのか――わからなくなってきた頃に、案の定《じょう》急ブレーキがかかり、ぬいぐるみは女の子の膝から倒れ落ちて、コロコロと転がってしまった。

とはいえ、転がり続けることもなく、何だか「しゅたっ」という擬音が似合いそうな勢いで見事に体勢を整えていたが。

……困った。笑いがこみあげてくる。聡史は自分の席の脇まで転がってきたぬいぐるみを見ながら、笑いをこらえた。他の乗客も同じように肩を震わせていた。

笑わせてもらうのはいいのだが、次第に聡史は疑問を抱くようになった。疑問を抱かない方がおかしい。バスに乗るたびに疑問だらけになる。疑問しか湧かないと言ってもいい。

はっきり言って、疲れる。バスを降りると、ぐったりしているのがよくわかるのだ。バスの中では、自分だけが何も知らないのではないか、と思ってしまう。かといって、バスで会う友だちもいないので、訊くことはできないなあ、と思っていたら、ある日、少し帰りが遅くなった時、惣谷を見かけた。

同じ制服の子はもちろん見かけるが、本当の友だちというか、知り合いに会ったのは初めてだ。

その時、聡史は先に乗り込んで後方に立っていた。彼女は最後尾から乗り込み、バスの入口付近から奥には入ってこなかった。一瞬こっちを向いて、ちょっとだけ会釈をしたように見えたが——聡史は気づかないふりをしてしまった。

今まで会わなかったのが不思議だが、彼女は、多分部活の帰りなのだろう。帰宅部の聡史と帰りの時間がズレていてもおかしくない。朝はギリギリの自分と違って、彼女はいつも早めに来ている。

彼女は聡史が降りる停留所のいくつか手前で降りた。割と近くに住んでいたことさえ知らなかった。隣の席なのに、そんなことも話していなかったのか。

だが、次の朝は当然バスに惣谷の姿はなかった。昨日、一瞬だけ早めに出ることを考えないこともなかったが、同じバスに乗れなければあまり意味がない。それに、訊きたければ学校で話しかければすむ話だ。

だから、いつもと同じ時間に家を出たのだが、学校で彼女にぬいぐるみのことを訊くことはしなかった。

何度か彼女の方から近寄ろうとしたように見えたが、聡史は避けた。

あの言い争いとも言えない会話をしてから、うまく話せなくなった。それまでもあまりしゃべっていなかったし、さらに口が回らなくなったような気がして、気後《きおく》ればかりしてしまう。

今までも友だちとは言えなかった。ただのクラスメートであり、ただの隣の席の子。

このまま同じように過ごすしかなかった。


そのあとも、相変わらずぬいぐるみは、誰かの膝の上にいたが、聡史は誰にも何も訊けないまま、ほったらかしにしていた。

その日、聡史はバスを途中下車した。母親から頼まれた用事をこなして再びバスに乗ると、出口近くの席に、惣谷が座っていた。ぬいぐるみを膝に乗せて、笑顔でおしゃべりしている。

その光景に、自分がなぜかショックを受けていることに気づく。それはまるで、彼女から言われた言葉の真意に気づいた時のようだった。

何の屈託もなく話している二人の会話を聞きたい、と思ったが、人もたくさんいるし、何よりそんな理由で近づきたくなかった。

ほんとはものすごく気になるくせに。

と、自分の中のもう一人の声が聞こえるようだった。聡史は、必死でそれを打ち消した。でも、なかなか消えてくれない。打ち消そうとすればするほど、しつこく染《し》みこんでいくようだった。

何だか猛烈に腹が立ってきた。何に対してというより、何もかもに、だった。惣谷に。自分に。そして、あのぬいぐるみに。

そのうち、彼女が降りる停留所が近づいてきた。ぬいぐるみは、いつものようにぴょんと下に飛び降りたが、自分の停留所ではないので、出口の方には移動しなかった。

惣谷が立ち上がって、席の脇で少し身をかがめた。

その時、ほんの一瞬だけ、奇跡のようにバスの中が静かになり、彼女の声がまっすぐ聡史の耳に入ってきた。

「ぶたぶたさん、ありがとね」

そして、入口近くの席に座っていた聡史にちらりと目をくれた。

いろいろなことで頭がいっぱいだったので、彼女の視線に無意識に会釈を返してしまう。

少しよろけながら彼女は出口へ向かい、バスを降りていった。窓から背中を目で追う。何だか歩みがゆっくりに見えた。そういえば、今日はいつもよりも慎重に動いていたように思えたけど……。

ぬいぐるみは、空《あ》いた席にそのまま座り込んだ。今日はバスがあまり混んでいなくて、みんな座っていた。

それほど混みも空《す》きもしないままバスは進んだが、ある停留所直前で降車ボタンが押されると、しばらく座席でじっと文庫本を読んでいたぬいぐるみがごそごそと荷物を片づけ始めた。そして、停留所に停まった時、椅子から床へ、またぴょんと飛んだ。

そのまま軽やかにバスから降りたぬいぐるみを追って、聡史も素早く降りる。不思議なことに、そこで降りたのはぬいぐるみの他は自分一人だけだった。いったい誰が降車ボタンを押したんだろう。

そこは深く考えず、聡史はぬいぐるみを追った。

ぬいぐるみは、文庫本でほぼいっぱいではないかと思われる黄色いリュックを肩(?)にかけ直し、とぼとぼと歩いていた。足取りが重いのか軽いのかはまったく判断がつかない。何しろ、ぬいぐるみを後ろから尾《つ》けるのは初めてなので。

尾けたはいいが、どうするつもりなのか、聡史は何もわからなかった。わざわざ途中下車して尾行だけとは自分でも思っていないが、どう声をかけたらいいものか。あるいは、このむしゃくしゃした気持ちをぶつけてみようか。
――そんなひどいこと、できそうにないのだが。
だって、ぬいぐるみは本当に小さいのだ。男子高校生が小さなぬいぐるみを殴ってい
たら、絶対「ひどい」と言われるはず。
そんなことは言われたくないし――いや、それを誰が言うというのだ。こんな静かな
住宅街で、人通りもないというのに――。
「あっ」
小さく声を出してしまった。ぬいぐるみが一軒の家の前に立ち止まり、何やらリュッ
クをごそごそしている。
鍵を探している、と直感した聡史は、あわてて駆け寄った。
「……あのっ」
考えるより先に出ていく無難なかけ声。ぬいぐるみがリュックから顔を上げ、こっち
を見た。
う、かわいい……！　まっすぐなその瞳（ビーズだけど）は、卑怯《ひきょう》なほどだ。
そのかわいさに、さっきの惣谷の笑顔を思い出し、自分の腹立ちが一瞬で甦った。さ

つきよりずっと激しかった。

そして、それを吐き出したくてたまらなくなった。

「自分を二の次にするって発想はないの？」

彼女の言葉が頭に浮かんだが、その時は自分のもやもやした気持ちをどうにかしたいだけだった。それを外に出して、すっきりしたい——それしか考えていなかった。

それにその言葉のとおりなら、あのぬいぐるみはいつも人の膝に座っているではないか。それは、ズルくないのか？

「どうしていつも人の膝に乗ってるんだよ」

そう言うと、ぬいぐるみは怪訝《けげん》そうな顔をした。眉間《みけん》——じゃなくて目間にわずかにシワが寄ったのだ。

「どうして立たないんだよ」

俺は立っているのに。座りたいわけではないけれど、自分が立っていることすらも腹立たしい。

ぬいぐるみはしばらく聡史の顔をじっと見つめ、やがて合点がいったように目間のシワが消えた。そして、鼻の先がもくもくと動いたと思うと、

「ズルをしたと思ったんだね」

――その声がおじさんのものだとわかるまで、ちょっと時間がかかった。

いや、まさか話すとは思わなかった、というのが正直なところだ。会話をしているように見えるといっても、あくまでも見えるだけと思い込んでいた。歩いたり、動いたりしていても。ちゃんと定期で乗っていたりしても（さっき、読み取り機にかざしているのを見た）。

そこまで考えて、いったい自分が何をしているのか、というのに気づく。腹立ちの発火がいきなりだったから、冷静さが戻ってくるのも早いのかもしれない。あるいは単に、彼の返事にどう返せばいいのかわからないだけか。

「まあ、ズルっていえばそうかもなんだけど」

戸惑っている聡史をよそに、ぬいぐるみは続けた。認めた？

「ズルしてるの？」

自分の受け答えや声が子供っぽくていやだ、と思う。

「君にはズルに見えたってことだよね？」

「だって……膝に座ってるし」

「あれは、お年寄りに席を譲ったら、膝に抱えてくれただけなんだよ」

……言われてみればそうかも、と思えてくる。

「おばあちゃんとかは、譲ってあげたりすると、荷物持ってくれたりするの。経験ない？」

渋々、聡史は首を振った。だが、見たことはあった。でも、何だかむりやり「持ってあげるからっ」と遠慮する人のカバンをふんだくっていたように見えたのだ。

「僕は軽いから、持ってくれたっていうか、膝に乗せてくれたんだよね」

「でも、子供の膝に乗ってたこともあっただろ……？」

「子供の膝？　ああ、たいていお母さんも一緒にいるんだよ」

「ええと……転がった時とか……」

「ああ、見てたの？」

そう言って頭に手をやる仕草は、どう見ても照れ隠し。全身に表情がある。

「あれは、隣の席をお母さんに譲ったの。妊婦さんだったから。そしたら、娘さんが膝に乗せてくれたんだよね」

——考えてみればあの女の子は、ぬいぐるみをちゃんと押さえていられないくらい小さな子だった。三歳くらいだったろうか……。一人でバスに乗るのは無理があるくらいの年頃で、お母さんがいて当然だ。ぬいぐるみしか眼中になくて、全然周りを見ていなかった。

「じゃ、じゃあ、女の子の膝に……」

勢いこんで言う自分の声が、少し恥ずかしくて、言葉が途切れてしまう。

「女子高生の膝に座ってたよね」

ことさらに「女子高生」と強調してみた。

「それは、今日のこと？」

問われて、ついうなずいてしまう。

「なるほど。あの子は、君とお友だちみたいだね」

そう言われて、ついカッとなってしまう。

「何でそんなこと知ってるんだよ！」

こんな声を荒げる必要はないと頭ではわかっているのだが、どうにも止められない。

「いや、降りる時、会釈してたからね」

だがぬいぐるみは特に動じた様子もなく、そう言った。

「制服も同じ学校のでしょう？　だから、友だちだと思ったんだけど」

穏やかに正論を言われて、二の句が継げない。

「友だちじゃないのなら、知り合いくらいなのかな？」

「いや、知り合いよりは友だち……」

またまた尻すぼみになる。いや、おそらく知り合い程度なのだろう。たとえ隣の席であっても。あんなに避けていては、きっと彼女は自分のことを友だちとは思っていない。

確かめる気はないけれども。

いや、そもそも自分はあいつのことをどう思っているんだろうか。

そう思った瞬間に、なぜか顔が熱くなった。どうしてこんなことでっ。

「じゃあ、名前は知ってるんだね」

「し、知ってるけど……」

「僕は顔を合わせたことがあるだけだから、名前は知らないんだよね」

そうか。名前は知らないのか。妙なところで優越感。

「あっ、でもあんたの名前をあいつ呼んでなかった？」

「僕のは、人が呼んでるのを聞いて知ってたみたいだね。降りる時に言われてちょっとびっくりした」

「じゃあ、どうして膝になんか乗せてたんだよ？」

彼女は健康な女子高生だし、席を譲ってもらう理由はないはずだ。

「足を少しひきずっているように見えたんで訊いてみたら、体育の時に足をひねったんだって」

そう言われて、気がついた。今日の体育は五時間目で、そのあと確かに彼女はあまり立ち上がらず、掃除の時もいつも行っているゴミ捨てを他の子に頼んでいた。

「けど、平気だと思ってたらどんどん痛みがひどくなったんだって。だから、席を譲ってあげたの」

自分も気づいていたのに、たずねもしなかった。このぬいぐるみはためらいなく訊けたのに。

それを少し恥ずかしい、と思った。ちゃんとたずねていたら、付き添って一緒に帰ることができただろう。母親の用事など、別に今日じゃなくてもいいのだから。

「口をきいたのは、今日が初めてだよ」

何もたずねていないのに、ぬいぐるみは言った。彼女が「ぶたぶたさん」と言っていたぬいぐるみが。

「いつも膝に乗せてもらってるから、そうしないといけないって彼女は思ったみたいだけど、実はちょっと恥ずかしいんだよね」

「は？」

意外な言葉に聡史はマヌケな声を上げる。

「いや、楽なんで、ほんとにありがたいんだけど」

照れたように彼は言う。そうだ。人によっては、膝に座ることが目的であると思うだろう。

それは、自分の行動そのものなのだが。

何だか猛烈に恥ずかしくなってきた。生きていないぬいぐるみをドスドス殴るのもひどいが、生きているぬいぐるみに懇々《こんこん》と誤解を論破《ろんぱ》されるのはもっとかっこ悪い。

「あの……事情も知らずにいろいろ言ったみたいで――」

ここまでは言えたが、どうも素直に「ごめんなさい」が出てこない。

「いやー、普通はみんな事情はわからないものじゃない？　僕に限らず、そういうことって多いよ」

気を悪くした素振りも見せないぬいぐるみの言葉を聞いて、また彼女に言われたことを思い出した。

――「自分を二の次にするって発想はないの？」

言葉が少しきつかったので、聡史にはそれが相手のために「自分を殺せ」と言われたように思えてしまったのだが、そんな大げさなことではなかったのだ。

ああいう会話になった時のことを、もっとよく思い出してみる。

放課後の雑談の中で、今度産休に入る国語の先生の話をしていた。担任ではないが、その先生を慕っている子は多く、主に女子が中心になって出産祝いをプレゼントしようという話になったのだ。

少し戸惑う男子と女子の温度差もあって、

「何をあげたらいいと思う？」

と惣谷に訊かれた時、聡史は、

「何をあげても自己満足にならない？　先生の気持ちなんてわかるわけないし」

正論とも言えるのだが、本当のところは「わからない」というのをごまかしただけだ。あげたい気持ちはあるのだが、正直に言うのはいやだった。バカみたいだし……。それに、そんなことも思い浮かばない奴に何かもらってもうれしくなかろう、という思いもあったから。

しかし、そう言った時、その場の雰囲気が目に見えて悪くなったのを感じた。だから、軽い調子で「金ないし」と付け加えたのだが、それに対して、惣谷はこう言った。

「百円でもいいよ」

それってさらにかっこ悪くないか？　と思い、顔が歪む。

「あ、じゃあ買い物につきあってくれれば、それでいいよ」

「買い物？」

「あたしと一緒に行ってくれればいいから」

そんなのとんでもない、とうろたえてしまい、即座に、

「俺にも都合があるから無理」

とぶっきらぼうに答えてしまった。そしたら、

「せっかくのお祝いなのに……自分の都合を二の次にするって発想はないの？」
と言われたのだ。

正確に彼女の言葉を思い出した。だがそのあと、彼女はちょっと後悔するような顔になった。でも、二人とも何も言えないまま、結局聡史はお祝いを何もしなかったのだ。そのあと、先生がプレゼントをもらって、とてもうれしそうにしていたという話を聞いた。その時になって、百円でも出せばよかったかな、と後悔した。

ささいな後悔は、あげなかったことではなく、あげたい気持ちを素直に伝えられなかったことだと、今わかった。自分の中に渦巻く感情を言い訳に使うのもかっこ悪い。言わなければ誰にも知られないことだが、どっちにしろかっこ悪いのだ。それなら、ちゃんと伝えた方がまだマシかもしれない。それをやるためには、自分の感情は二の次にしないといけない、ってわけだ。

「すみません……」
ごめんなさい、と言えなくて、ダメだな俺、と思ったが、とりあえずこれで勘弁してほしい。

「いや、そんな謝られるようなことじゃないと思うけど」

「いや、でも……これはいわゆる、いちゃもんって奴じゃないの？」

ぬいぐるみはうーんと考え込み、

「そうかもしれないけど、割と慣れてるからね」

ああー、俺みたいな奴っていっぱいいるのか——と思うと、さらに落ち込むが。

「僕にはいちゃもんじゃなくて、別のことのように思えたんだけど」

「別のことって何？」

ぬいぐるみはまた考え込んだ。さっきよりももっと悩んでいるようだった。

「わからないのなら、僕から言うことじゃないと思うなあ」

「えーっ！」

思わず大声が出る。

「それより、雨降ってきたよ。あの停留所は君の降りるところじゃないんでしょ？」

そういえばそうだった。でも、あのバス路線は県道をまっすぐ進んでいるから、歩いても大した距離じゃないのだが。

「ここは僕の家だけど、どうする？」

ぬいぐるみ――ぶたぶたが門の中のドアを指さす。やはりそうだった。

「どうするって？」

「お茶でも飲んでく？」

「えっ⁉」

こんないちゃもんをつけた男子高校生に茶を振舞おうとは――何といい人なんだろうか、このぬいぐるみは。

思わずふらふらとついていきそうになったが、聡史は首を振った。

「あいつのうちに行こうと思って……」

自分の家もまっすぐなら、惣谷の家もそのはずだ。彼女の家が花屋だというのは誰かと話しているのを聞いたことがある。名字もそんなにありふれたものではないから、探せば見つかるだろう。

謝るなら早い方がいい。というより、明日まで待てそうにない。待っている間にまた気が変わってしまったら困る。

「そう？　じゃあ、傘貸してあげる」

「えー、そんな……」

「いや、古いビニール傘でいいのならってことだけど」

ぶたぶたはそう言うと、鍵を開けて玄関から傘を持ってきてくれた。鍵穴への台(小さな脚立)がちゃんと脇に置いてあるのだ。

「貸すってさっき言ったけど、返さなくていいからね」

確かに古いというかボロボロに近かったが、傘のない聡史にはありがたい。

「ありがとう」

「いえいえ。気をつけて」

そう言って、ぶたぶたは家の中に入っていった。

彼が提供してくれたはずのお茶に思いを馳せながら、聡史は急いでバス停へ戻った。ちょうど遠くからバスが見えてきたところだった。

おじさんの声だということは、ぶたぶたの方が年上に違いない。自分は席を譲られることはないだろうから、今度彼が立っていたら、席を譲ってやろう。席というか、膝を、ということになるんだろうが。

ぶたぶたさん

十年ほど前、わたしは幻を見たことがある。

夏休みに東京へ行った時、わたしは道に迷った。アスファルトの道からかげろうが昇っているほどで、暑すぎて外に誰もいないくらいの日だった。

そんな中、わたしは独りでどっちに行ったらいいのかもわからないまま、歩いていた。

その時、わたしの足元を横切った影。

それが「山崎ぶたぶた」という名のぶたのぬいぐるみだった。

バレーボールくらいの大きさ、桜色の身体。突き出た鼻にそっくり返った右耳、ちょこんとしばったしっぽ。黒ビーズの点目をまっすぐに、暑さもものともせずさっそうと歩く姿。

「はうっ」

驚いて変な声を出したわたしに、びくっとしたように彼は振り向いた。そう。彼は男性。しかも、その声はおじさんだった。

「どうしたの？　具合悪いんですか？」

すごく普通なことを訊かれて、またびっくり。

「……いえ、びっくりして」

「ああ、ならよかった」

どういいのかよくわからないけど、何だか言い方がおかしくて、わたしは笑った。

「なら」って何だ、「なら」って。

「暑いのに、帽子もかぶってないですね」

そういうあなたもかぶっていないが。

「僕は平気なの。陰もいっぱいあるしね」

わたしの疑問に気づいたように答える。道を見やると、わたしには小さくても、彼にはちょうどよさそうな日陰がたくさんあった。

「無理に歩く必要がなければ、ひと休みをしたら？」

「道に迷ったんです」

わたしは正直に答えた。

「駅に行きたいんですか？」

うなずくと、

「ちょうどよかった。僕も行くところです。そんなに遠くないですよ」

濃いピンク色の布が貼られた手を振り、先に立って歩き出した。わたしは、小さなぬいぐるみの小さな影を見ながら、ついていった。

五分ほど歩いて、本当に駅が現れた。かげろうの中から立ちのぼったみたいだった。このぬいぐるみが、出してくれたのではないか、と思ったくらい。

電車に乗るまで、二人で駅の小さな喫茶店に入った。彼はそこの常連らしく、駅員も含めて誰も驚いていなかった。

わたしは冷たいオレンジジュースを飲んだ。甘酸っぱくて、とてもおいしかった。彼はアイスコーヒーを、もくもく動く鼻の先ですすっているみたいに見えた。

反対方向に乗ると言う彼は、駅のホームでわたしを見送ってくれた。見えなくなるまで窓から見ていたわたしは、もしかして帰れないかも、と一瞬思った。そんなことはなかったが。

はっと目を開ける。

夢の中はひどく暑かったが、目覚めた瞬間にぶるっと寒気がした。周囲はまだ暗かったけれど、もう夜は明けているようだ。

寝床は硬く、冷え切っていた。別れ際に握手したぶたぶたさんの柔らかさがなつかしい。

いや、あれはきっと幻だ。いつものように、夢の中の出来事。

そう思うと、寝床がいっそう冷たく感じた。

わたしは、寝ていても手放せなくなった携帯電話を握りしめる。この中に、ぶたぶたさんの証拠がある。喫茶店で教えてくれた電話番号。一人旅のわたしを心配して、「何かあったら連絡して」と言ったのだ。

それから何度か電話は変わったが、電話帳の中には十年間、その番号がひっそりと残っていた。どうしても消せなかったのは、一度もかけなかったからだと今はわかる。かけて本当に幻だとわかるのがいやだったからだ。

わたしが番号を教えていたら、今かけてきてくれただろうか。

薄闇の中起き上がり、外に出た。つながりにくい携帯電話を持って、公衆電話へ急いだ。

電話帳のメモリを呼び出し、一つ一つボタンを押した。呼び出し音が鳴ってから、今の時刻を思い出す。どうしよう、と迷ったとたん、

「もしもし」

夢の中のと同じ声が聞こえた。

「ぶたぶたさん」

考える間もなく、わたしは呼んだ。指先が白くなるほど握った受話器は、氷のようだった。その冷たさが、息の白さが、朝日のまぶしさが、これは幻ではない、とわたしに訴えていた。

わたしをとりまくすべてもそうだけれど——信じられない現実がいくつもある中、これだけは信じたい。

「ぶたぶたさん」

わたしを、憶えていますか？

「憶えてますよ」

心配してましたよ。

「記憶力いいんですね」

するとかれは言った。

「僕を憶えてくれる人のことは、忘れません」

僕は本当は、忘れられやすい存在だから。


それは、みんなおなじ。


それでも、忘れられない人はいる。

「ぶたぶたさん」

「はい、何ですか？」

わたしの声は、もううまく出なかったけれど、彼は多分、電話線を通しても、わかってくれたと思う。

〈初　出〉

山崎さん①　本日の執事　「せる終刊号」２００９年６月刊
山崎さん②　本日のスイーツ　ブクログのパブー（東北地方太平洋沖地震チャリティ作品）
角の写真館　書下ろし
死ぬにはきっと、うってつけの日　「ザ・スニーカー」２００５年10月号
ボランティア　書下ろし
最強の助っ人　書下ろし
恐怖の先には　書下ろし
噂の人　書下ろし
新しいお母さん　書下ろし
途中下車　書下ろし
ぶたぶたさん　ブクログのパブー（東北地方太平洋沖地震チャリティ作品）

光文社文庫

文庫書下ろし&オリジナル

ぶたぶたさん

著者　矢《や》崎《ざき》存《あり》美《み》

2011年8月20日　初版1刷発行
2020年12月25日　4刷発行

発行者　鈴木広和
印刷　萩原印刷
製本　榎本製本

発行所　株式会社　光文社
〒112-8011　東京都文京区音羽1-16-6
電話（03）5395-8149　編集部
8116　書籍販売部
8125　業務部

落丁本・乱丁本は業務部にご連絡くだされば、お取替えいたします。
ISBN978-4-334-74983-5　Printed in Japan

組版　萩原印刷